ALPHAPOLIS
WEB CITY SINCE 2000

レジナレス・ワールド 1

A L P H A L I G H T

式村比呂
Shikimura Hiro

アルファライト文庫

主な登場人物
ジルベル
強大な力を誇る銀魔狼。
シュウの窮地《きゅうち》を救い仲間
になる。人化はお手の物。
シュウ
本編の主人公。
ゲーム世界で“黒竜殺し”
の二つ名を得た最強剣士。
クラスは『サムライ』。
サラ
シュウの幼なじみで、共に
VR-MMO世界に転生する。
“舞姫”と呼ばれる『聖騎士《ホーリー・ナイト》』。

Regginaless World
シュネ
穏やかで知性に優れる白竜の娘。
とある事情で一族とはぐれてしまう。
真の姿は白く巨大な竜。
Regginaless World
????
ゲーム時代から時折その姿を
見せていたダークエルフ。
所属や目的などすべてが
謎に包まれている。
Regginaless World
クリステル
ハイエルフの精霊使い。
山賊に捕らわれていた
ところをシュウに助けられる。
Regginaless World
ユーガ
世界樹の種。
世界の運命の鍵を握る。
シュウが大好き。

1

「う……ん……」

はるか地平線が春の陽気にかすんでいる。そこにさわやかな風が渡っていく。

そよぐ風が美しい新緑の草を揺《ゆ》らし、シュウの頬《ほお》をくすぐった。

気持ちよさとむずがゆさに目覚めると、隣から同じような女性の声が聞こえ、田野中修《たのなかしゅう》の意識は、一気に覚醒《かくせい》する。

寝ころんだまま横を見ると、そこにはよく見知った可愛い幼なじみの顔があった。

「あれ？　サラ？」

「ん……シュウ君？」

二人は仰向《あおむ》けの姿勢で顔だけを動かしてお互いの姿を確認すると、それぞれむくっと上半身を起こした。

サラの目が、シュウの顔からすっと下半身の方に流れる。その視線に応じてシュウも、自分の下半身に。

「きゃっ！」

サラが思わず悲鳴を上げる。それはほんの小さな悲鳴だったが、シュウの頭を一瞬で混乱させるのに充分だった。

「なっ……！　えっ！　えっ？」

何一つ身に着けていない生まれたままの姿。目覚めの瞬間の、男性特有のあの状態になっていなかったのは幸《こう》か不幸か？

シュウは飛び起き、いわゆる体育座りで股間《こかん》を隠して、両手で出来るだけいろんな物が見えないようにガードしてみた。

そして、固まっているサラを見る。

顔から、胸、そして……。

青ざめていたシュウの顔がみるみる赤く染まっていく。その変化でサラが自分の姿に気付く。

「あ……ご、ごめっ」

「いやっ！」

とっさに左手で胸を隠そうとするサラ。だが、その手がかえってサラの大きな胸の形を複雑に変えることになってしまい、むしろ男にとっては目に毒な事態だった。

『さて』

そこで突然、ほぼパニック状態と言っていい二人の精神に冷や水を浴びせるほどに冷静な、だが威厳《いげん》に満ちた男性の声が、二人の正面から発せられる。するとこの、不可解《ふかかい》であり得ない状況に変化が生まれた。

『田野中修、サラ・ヨハンセン・富永《とみなが》。落ち着いたかね？』

二人の目の前に、青白《あおじろ》く光る直径五センチくらいのガラス玉のようなものが浮かんでいる。

そして、どうやらそれがしゃべっているらしい。ある程度年配《ねんぱい》の男性らしき声の響きだった。

『まず、二人に詫《わ》びねばならぬことがある』

存在するだけで威圧感《いあつかん》を与えるその物体を前に、二人はしばし固まっていたが、詫びの言葉がきっかけになって、ようやく硬直《こうちょく》から解き放たれる。

『――君たちは、今ここで目覚める直前、何をしていたか覚えているだろうか？』

「……ゲームをしてた、と思います」

とまどいながらシュウは答えた。目を合わすと、サラは呟《つぶや》くように言う。

「『東の森』に飛んでいるところでした」

『そうだ。二人とも、感覚的にはつい今しがたまで、自分の部屋でゲームをしていたと感じておるであろう?』

二人は小さくうなずく。

『君たちは、意識を失った瞬間に事故にあった――我々のミスで』

要《よう》を得ない説明だったが、総合すると、シュウとサラはなんらかの理由でこの世界に『存在』することになってしまったようだ。

その理由も意味も全くわからない。何を聞いてもこの目の前の玉は詫びるばかりで、事に至った過程を語ろうとしない。

ただ確かに、この世界は二人がプレイしていたゲーム『レジナレス・ワールド』に違いなかった。

「私たちの装備はどうなったんですか?」

サラが尋ねる。さすがに全く意味もわからないうえ、丸裸《まるはだか》にされてこの世界に放《ほう》り出されれば、一晩で命はないだろう。

『ああ、すまない。君たちの荷物は、概念上《がいねんじょう》の――ステータスと言ったか? その中にすべて収められている』

二人は、それまでプレイでやっていたように念じて、ステータス画面を開いてみる——

すると、確かにそこには、それがあった。

だが、出てきたのはアイテムガジェットのみで、パラメータや装備画面は見あたらない。

「これ、どうやって装備するんですか？」

シュウは尋ねてみた。

『取り出して、自分たちで着用してくれ』

「へえ、リアルですねえ」

シュウはアイテムを選択し、ゲームと同じ要領《ようりょう》で取り出してみる。

すると目の前に、選択した装備——サムライの羽織袴《はおりばかま》が現れた。

ふわりと浮かび上がり、手に取った瞬間、ずしりと重さが加わる。なかなか便利なものだ。

同じように草履《ぞうり》、刀と、アクセサリである敏捷性《DEX》補正のリングを選び、早速着替えてみた。

何となく、見てはいけないような気がして目を反《そ》らしていたが、やはり気になってサラの方をちらっと盗み見る。

ほっとしつつも、残念なところだが、サラはもう美しい白銀のプレートメイルにブーツを身に着け、二振りのレイピアを腰に佩《は》いていた。

シュウと視線が合うと、ちょっと照れたようにはにかんだ。

それを見て、また真っ赤になってうつむくシュウ。

「ところで、ステータスがきちんと機能していないようですけど……」

サラが光の玉に尋ねる。

『そうだ。残念ながらこの世界は、厳密にはゲームではない』

光の玉はとんでもないことを言い出した。

『君たちはこの世界で、今まで過ごしたように生きていけるだろう。だが――』

そして、さらに衝撃的な事実を伝える。この世界は二人にとって現実そのもの、紛《まぎ》れもない「リアル」であると。

『君たちの死は、文字通り命の終焉《しゅうえん》だ。君たちが何かの命を奪えば、それらもまた死を迎《むか》えるであろう。これはゲームではなく、復活ポイントなどもない』

「そ、そんな！」

『その事実を知っているのは、この世界で君たちのみだ。我々はこの世界を守り、維持《いじ》するが、手出しはしない』

「冗談じゃない！　あんたらのミスだろ。僕たちが何したってんだよ！」

『そうだ、我々のミスだ。そして、我々に出来るのはこれがすべてだ。後は君たちに任せよう』

「お、おいっ！」

光の玉が徐々《じょじょ》に薄れていく。

『時間が来た。君たちの行く末に、幸多《さち》からんことを……』


光の玉が唐突《とうとつ》に消えた後、二人はしばし呆然《ぼうぜん》と草原に座り込んでいた。

全く意味がわからない。

ほんの数分前までプレイ中だった二人は、目の前が暗くなったと感じた瞬間、すでに全《ぜん》裸《ら》でここに横たわっていた。少なくとも、そうとしか言いようがない。

シュウは再度ゲームシステムの確認をしてみるが、やはり、ステータスにはアイテムがジェットしか存在しない。

アイテムを確認していくと、なぜだか一番下に、金貨や銀貨が入っている。

これもあり得なかった。所持金は普通、個人ステータスの上部に表示されているはずだ。

さらにその個人ステータスそのものが存在しない。

「……システム」

環境設定やログアウトを管理するガジェットを呼び出そうとした。

しかし、全く無反応だ。

「サラ、どう?」

シュウはサラにも同じことをやってもらってみた。

だがやはり、お互い何をやっても、開くのはアイテムガジェットだけだった。

後々、このアイテムガジェットとその中身だけでも、この世界では大変な恩恵《おんけい》をこうむることになると気付くのだが、まだ混乱の真っ只中《ただなか》にいる二人にとっては、それどころではなかった。

一通りのことを試《ため》し終えると、二人は再び草原に並んで腰掛け、呆然と空を眺《なが》めていた。

◇◆◇

シュウとサラは、同じマンションに長年暮《く》らす幼なじみだった。

急な来日で日本語さえ覚束《おぼつか》なかったサラ。しかし「中学はシュウと同じ学校に通いたい」と頑張《がんば》り、高競争率を誇る有名私学に帰国子女枠《きこくしじょわく》で入学し、晴れて彼の同級生となった。

それから六年。

二人は高校三年生になっていた。

「シュウ君」

サラが、カバンを肩に担《かつ》いで歩くシュウを後ろから呼び止めた。

「……おう」

眠そうな目をちらっと後ろに向けて、シュウは気のない返事をする。

一流モデルとして名の売れている姉と違い、サラの身長はシュウより低いくらいだった。

やはり姉同様、日本と北欧《ほくおう》のハーフの血が織りなす繊細《せんさい》な美しさが人目を奪うが、発育した胸と腰に比《くら》べ、身長が伸び悩んでいた。

本人は相当悩んでいるようだったが、シュウに言わせると——本人には言ったこともないが——「ちょうどいいプロポーション」ということになる。

サラの姉と歩く時、シュウは周囲の人たちから見て、自分が明らかにゲームで言うモブキャラになっているのがわかる。

そんな意味でもサラと過ごすのは、彼女には失礼かと思うが等身大で、シュウにとっては心地《ここち》よいのだった。

サラは髪の色もブロンドと言うよりは明るい茶色で、瞳も日本人に近い鳶色《とびいろ》だ。

昔はサラから、よくそんな容姿の愚痴《ぐち》をこぼされたシュウだったが、この頃は聞かなくなった。

そんな二人が今ハマっているのは、『レジナレス・ワールド』というVR‐MMOだ。

VR‐MMO――二十一世紀中頃に急速に発展したヴァーチャル・リアリティ技術を応用した体感型仮想現実装置を使って、オンラインでプレイできるロール・プレイング・ゲームの一種。

神経パルスを模倣《もほう》することで、ある一定のレベルまで五感をだまし、プレイヤーによりリアルな娯楽《ごらく》を提供するそのゲームは、急速な普及《ふきゅう》によってコストが下がるとすぐに、かつてない規模《きぼ》の市場を形成していった。

レジナレス・ワールドではイベント活躍者の報酬《ほうしゅう》として、二つ名が与えられるシステムになっている。サービス開始から一年ほどになるが、まだ二つ名を持っているプレイヤーは二十人ほどしかいない。

その栄誉《えいよ》あるプレイヤーのうちの二人が、シュウとサラだった。

シュウの『黒竜殺し』は、名前の通り、黒竜討伐《とうばつ》イベントで止《とど》めを刺したプレイヤーの称号だ。

シュウ個人の技量のみならず、討伐を成功させたチームの力が大きかった。

サラの称号『舞姫』は、魔族襲来イベントで迎撃最多勝利を獲得した結果で、こちらもサラをカバーしたチームの総合力が背景にある。

シュウの期末試験の成績がよかったことで、サラはシュウと同じ学部にエスカレーター進学できそうだと盛り上がっていた。

「これであと四年は、シュウと付き合うチャンスがあるわね」

ある日それを聞きつけたクラスメイトが、一緒にトイレに来て言った。

サラは微笑《ほほえ》んで目を伏《ふ》せる。

「あんたらを見てるとなかなかくっ付かなくてイライラしちゃうけど、人それぞれだしねえ」

「イライラはひどいな……」

サラの表情が苦笑に変わる。

まだ慌てたくない。もっとじっくり。サラは思う。

十二歳で出会った頃のシュウは、どこか自分に対して、妹を護《まも》る兄のような立場にいたことをサラは感じていた。

でもこの数年で、自分はただ護られる妹のポジションから、同級生の異性へと確実に変化してきたと思う。

今年の夏休みは、もうちょっとだけ近付きたい。サラは期待している。

「全く、こんないい女が横にいるってのに、シュウはなんで焦《あせ》りもしないのかしらね」

——きっと、家族ぐるみの付き合いが長すぎたせいだ。

サラはいつもそう答えている。


シュウとサラの二人は、学校から帰るとすぐに入浴を済ませ、夕食を取ってからＶＲマシンに潜《もぐ》り込んだ。

夜七時。ログインを済ませると、すでにギルドメンバーは半分以上集まっていた。

「あれ？」

シュウと主要メンバーが挨拶《あいさつ》から雑談を始めている横で、サラはフードをかぶった見慣れないダークエルフに目を留《と》めた。

「うちにあんな人、いたっけ？」

横にいるシュウに話しかけ、視線を戻すと、すでにそのダークエルフの姿はなかった。

「誰？」

「……ううん、気のせいみたい」

サラが首を傾《かし》げていると、他のメンバーが話しかけてくる。

「今日はお前らどうすんの？」

「久々だから、腕慣《うでな》らしに森の方でちょっと狩ってきますよ」

「そうか。俺らは新クエの情報収集に行ってくる。二人で平気か？」

「はい」

「じゃ、また後でな」

彼らのパーティが転移するのと同時に、シュウたち二人も本拠地《ほんきょち》である『始まりの街』レオナレルから、テレポートポイントを使って東部にある狩り場へと移動する。

ギルドメンバーのテレポートが完了したと思った瞬間、強い衝撃が彼らを襲う。

「な……んだ？」

システムシャットダウン。

ギルドのメンバーたちはそれぞれの自宅で、ＶＲマシンからイジェクトをされていた。

数分遅れて、全プレイヤーの緊急イジェクトが行われた。

オンラインだった全プレイヤーの一斉アクセスによって、公式ページは一時的にダウン。

そのため、プレイヤーたちが、今起こったことを把握するのにかなりの時間を要した。

ギルドメンバーたちは一斉に共有のチャットシステムにアクセスしたが、ついに最後まで、インしていたはずのシュウとサラは現れなかった。

◇◆◇

風がひどく心地いい。

ふと見上げると、薄い白い雲が、奇妙なほど早く流れていく。

「こんな状況じゃなかったら、本当に最高なんだけどな」

シュウはそう呟きつつ、ちらっとサラを見る。

サラは、ついに耐えかねて泣き始めていた。

「うっ……うぅっ、ふっ」

訳のわからない不安。だがこの感覚は――少なくとも、五感に伝わってくるこの生々《なまなま》しい感触は、二人がここに放り出された事実を何より残酷《ざんこく》に肯定《こうてい》している。

ふとシュウは、先ほどの光の玉のように、サラまですっと消えてしまうような恐怖感と孤独感《こどくかん》に襲われて、泣いているサラの頭を抱き寄せた。

ほんの一瞬、驚いたようにシュウの顔を見上げたサラは、今度は自分の意志でもう一度シュウの胸に顔を埋《うず》め、声を殺し、肩をふるわせて泣いた。

「――取り乱してごめん」

サラの目は腫《は》れ上がってひどいものだったが、しばらくするとだいぶ落ち着いたのか、えへっとした表情を作ると、シュウの体から身を離した。

「サラ、ちょっと歩いてみようか？」

「うん。状況もわからないし、出来たら街を探したいよね」

お互い同じ懸念《けねん》を抱《いだ》いていたようで、ほっとする。

もしここが本当にレジナレスの世界だとしたら、二人っきりでの野宿はどうしても避《さ》けたいところだ。

立ち上がったシュウは、サラに手を伸ばす。

自然な振る舞いでその手を取って、サラはまたはにかみながら、「シュウ君、気を遣《つか》ってくれてありがとう」と礼を言った。

とりあえず二人はあたりを見渡す。

「シュウ君。ここ、見覚えある？」

「ううん、来たことはない気がする」

なだらかな斜面《しゃめん》になっている草原、太陽の位置から考えると、斜面は北から南に向かって下っていて、反対側には森があった。

さすがに現状を把握していない段階で森に入るのは避けたいので、とりあえず下ってみようということになり、二人は歩き出す。

今見えている地平線は、おそらく五キロメートルほど先だろう。あそこまで行くのに一時間くらいかかることになるか。シュウは大まかに計算した。

どうも移動距離が長くなりそうだ。ならば、移動力補正のある靴を使った方がいいかもしれない。

移動力が増加する靴はゲームでも人気のアイテムで、シュウもちゃんとアイテムガジェットにストックしているのだ。

早速履《は》き替《か》えて歩き出す。最初は単に歩きやすくなっただけかと思ったのだが——。

「サラ、『ウィングブーツ』持ってる？」

「あるよ？」

「ちょっと履き替えてみて」

サラにも履いてもらい、彼女の様子を窺《うかが》う。

「わっ、これ効果あるね……」

そうなのだ。どうやら、魔法効果《エンチャント》の装備品は、はっきりそれと体感できるほど効果があることがわかった。

「かなり楽になったよね」

「そうね。でもそうしたら、ネックレスとかピアスとかリングも、ちゃんと装備した方がよさそう」

サラはそう漏《も》らした後、ふと憂鬱《ゆううつ》そうに顔を曇《くも》らせる。

そう遠くない未来に遭遇《エンカウント》するだろう魔物との戦いを思い、気が重くなっているのかもしれない。

「うん。ちょっと装備を見直そう」

二人は立ち止まり、アイテムを確認することにした。

二人の所持品の中で現時点で最適と思われるのは、ステータス異常回避の『魔防のアンクレット』、ゲーム内では防御力＋10だった『護りのリング』。魔法抵抗のネックレスなども効果的だろうと思えた。

シュウにはないがサラはピアス穴があるので、耳に魔力増強のピアスを着けた。腕には敏捷性《DEX》が上がる腕輪をはめる。

また、武器防具の類《たぐい》も見直す。

シュウはクラスが『サムライ』だったためベスト装備だ。

サラは戦闘時、主に『聖騎士《ホーリー・ナイト》』の重装備である両手剣を使用するので、レイピアをしまい、現時点で彼女が持つ最強の剣、ドラゴンスレイヤーを左腰に佩《は》く。

さらに炎属性のナイフを、右の尻《しり》あたりに邪魔にならないように下げた。

ちなみに、シュウの装備する日本刀はレアアイテムではないが、炎属性＋3が付与《ふよ》されている。脇差《わきざし》も風属性＋3という贅沢《ぜいたく》なものだ。

装備を調《ととの》えて、二人は改めて南を目指した。

二時間ほど歩いただろうか、行く手に川が見えてきた。舗装《ほそう》こそされていないが道も発見できた。

特に根拠《こんきょ》はないが、シュウが「川上より川下の方が街の規模も大きそう」と言うと、サラも「なるほど」と妙に納得してうなずく。

二人は川沿いの道を東へ、川下へ進むことにした。

疲労《ひろう》はさほどでもないが、さすがに不飲不食《のまずくわず》で半日近く歩いているので、二人は次第に空腹《くうふく》を感じてくる。

「ポーションでも飲んでみようか？」

「飲む！」

予想以上にひどい味がした回復薬を飲み干《ほ》すと、二人してなんとも微妙《びみょう》な表情で顔を見合わせ、しばらく笑った。

再び荒《あ》れた道を連れ立って歩いていると、遠くにぼんやり、人工物らしき姿が見え始めた。

人の暮らしの気配を感じるというのは、どうしてこうも安心感があるのだろう。

だが旅というのは、ほっとした頃、なぜだか悪いことが起こりやすい。

村のほど近く、少し先に馬車が見えた時、その周囲に只事《ただごと》ではない気配を感じて、二人は駆け出した。

二人の男が馬車の左右に分かれて、黒い何かと戦っている。

御者《ぎょしゃ》らしき男は地面に倒れ、動かない。

二人が幌《ほろ》をかけられた商人用の馬車から離れようとしないということは、おそらく誰かが乗っているのだろう。

「――ゴブリン！」

一匹一匹の戦闘力はさほどでもないが、守る二人の男に対し、ゴブリンは四十匹ほどで攻《せ》めては引き、また攻める。

数で押す波状《はじょう》攻撃に男たちは翻弄《ほんろう》され、ひどく疲労しているように見えた。

装備からすると傭兵《ようへい》か、冒険者か。

一人一人はさほどなまくらには見えないが、とにかく数が多いうえ、御者をやられて逃げるに逃げられないらしい。

シュウとサラはそれぞれの得物《えもの》を抜いて斬りかかった。

ウィングブーツの効果か、通常では考えられないほどあっという間に敵前にたどり着く。

「ハッ！」

およそ普段の穏《おだ》やかな物腰《ものごし》とはかけ離れた裂帛《れっぱく》の気合いを放ちながら、サラは両手大型剣のドラゴンスレイヤーを横薙《よこな》ぎに一閃《いっせん》する。

鈍《にぶ》く黒い色に光るそれは、一振りで四、五匹のゴブリンを両断し、激しい血しぶきを周囲に散らしていく。

シュウも、素早い身のこなしから抜き身の日本刀を縦横《じゅうおう》に振り抜き、スキル《ファスト・コンビネーション》を発動。あっという間に七匹のゴブリンを斬り伏せる。

思わぬ援軍に一瞬あっけにとられた警護の男たちも、すぐに状況を理解すると、ゴブリンに打って出た。

ほんの一瞬で攻守《こうしゅ》が逆転したのを見て、あっけないほど潔《いさぎよ》くゴブリンたちは逃走を始めた。

生まれて初めて体験する血と臓物《ぞうもつ》のひどい悪臭の中、シュウとサラは、こみ上げる吐《は》き

気をこらえ真《ま》っ青《さお》な顔をしながらも、襲われていた男たちの元へ戻った。

黒い出《い》で立《た》ちのシュウはまだしも、白銀のプレートアーマーに白い肌をしたサラは、返り血を浴びてすさまじい外見になっている。

その様子には、助けられた男たちでさえ言葉を失い、ややもすると怯《おび》えているようだった。

「大丈夫ですか？」

シュウが声をかけると、呪《のろ》いが解かれたかのように男たちは生気《せいき》を取り戻した。

「……あ、ああ。助かった、感謝する」

「サラ、その人見てやって」

「あ、うん……」

道に伏せたまま動かない御者を指してシュウが言うと、まだ右手に血まみれの剣を握ったまま呆然としていたサラは、のろのろと倒れた男に顔を向けた。

これはダメだな。シュウはサラを見て直感した。

「その人の手当てお願いできますか？」

シュウは警護の男たちに声をかけてから、荷馬車の中を覗《のぞ》き込んだ。

そこには、恰幅《かっぷく》のよい商人風の男が一人、がたがたと震えながらうずくまっていた。

「すみません」

声をかけるとびくっと飛び起き、シュウを見て、また固まった。

「何か拭《ふ》くものをお借りできますか？」

そう聞くと、やっと我に返ったのか、柔《やわ》らかそうなタオル大の布を何枚かくれた。

シュウはそれで顔を拭《ぬぐ》ったが、なかなか血糊《ちのり》が取れないので、やむを得ずサラの手を引きながら河原《かわら》に下りていく。

川で手と顔を洗って、やっと人心地《ひとごこち》ついたシュウは、そのまま布を水に浸《ひた》し、サラを岩に腰掛けさせ、顔と手を拭ってあげた。

「サラ？　大丈夫？」

「え？　うん」

サラはまだ心ここにあらずといった状態だった。

シュウはサラの手から剣をはぎ取ると、こびり付いた血を落とし、サラの腰の鞘《さや》に収めた。

そして、サラの顔を胸に抱《だ》きしめて、そっと耳元でささやく。

「サラ、終わったよ。もう大丈夫」

サラは何も答えず、ただシュウの腰を力一杯抱きしめた。

「なあ、あの二人何者だろう?」

助けられた男たちのうち、やや若い男が、大柄《おおがら》な年配者に小声で話しかけた。

「わからん」

大柄な男は、シュウたちを食い入るように見つめながらも、興味のなさそうな声色で素《そ》っ気《け》なく答えた。

「装備も腕も半端《はんぱ》じゃない。だのにあれは、初陣《ういじん》の後の新米みたいな……」

「わからん」

今度は明らかに不快感を漂《ただよ》わせながら、大柄な男は若者に振り返り言った。

「なんにせよ、俺らにとっちゃあ、命の恩人だ」

その様子は街からも見えていたのだろう。しばらくすると、街の守備隊らしき男たちが二十人ほど、連れ立ってこちらに駆《か》けてきた。

彼らに誘《いざな》われ、シュウとサラもゆっくり街の方に歩みを進める。

ひどい傷だが御者の男もなんとか命を取り留めたようで、今は馬車に乗せられ、介抱《かいほう》されながら街に向かっている。

「お前さんたち、何者なんだ?」

守備隊のリーダーらしき貫禄《かんろく》のある男が、シュウに尋ねた。

「あの腕前はすさまじい。なんにせよ助かった、礼を言う」

「すみませんが、今はとにかく体を綺麗《きれい》にして休みたいんです。今日は朝から何も食べてませんし、一日歩き通しで疲れてるんです」

シュウはサラの肩を抱きながら、リーダー風の男にそう返す。

「任せてくれ。宿と食事、風呂《ふろ》の手配は俺たちでする。俺はガイラス。お前らの名前を聞いていいか？」

「僕はシュウ。こっちは、サラです」

「格好からすると冒険者か？」

「訳あって旅をしています。まあ特に冒険者ではないんですが」

「そうか。とにかく歓迎《かんげい》する。旅と言ったが、やはり王都を目指しているのか？」

「ええ、まあそうですね。急ぐ旅でもないんですが」

勝手がわからないので、シュウものらりくらりと歯切《はぎ》れが悪い。

「ならゆっくりしていってくれ。ようこそ、レリウの街へ――」

レリウは、小さいながらもしっかりとした外郭《がいかく》を持つ都市だった。

人口はさほど多くはなさそうなものの、暮らしぶりからそこそこの地力《じりき》があるようにも見える。

シュウもサラもゲーム時代に貯《た》めた分で、この世界においては一財産《ひとざいさん》というにふさわしい金銀を持っている。金の面での不安はさほどないだろう。反対に、それを狙《ねら》われる恐れがあった。

まあとにかく、ここの、この世界の様子をしばらく学ばねばならない。

シュウは、まだ呆然とすくんだままのサラの肩を抱く手に力をこめ、ガイラスの招きに応じ、街の中心近くにある一軒《いっけん》の宿屋へと向かっていった。

ガイラスの顔なじみらしい宿の女将《おかみ》が、シュウとサラの血まみれの姿に一瞬顔を強張《こわば》らせながらも、すぐに事情を悟《さと》ったらしく、お湯を用意しに走り回った。

シュウは女将に、「誰かサラの入浴を手伝ってあげて欲しい」と頼んだ。

「任せておきな。こう見えてもあたしは若い頃、エルナー様のお屋敷にご奉公《ほうこう》に上がってたんだ」

彼女は大きな胸を叩《たた》いて見せた。

サラの容姿と格好から、女将はサラが高貴《こうき》な身分だとでも思ったのだろうか。まあ問題になる誤解でもないので放っておく。

金はいくらかとシュウが聞くと、「まあ今日のところは奢《おご》らせてくれ」とガイラスが大きな口を開けて笑った。

人間、現金なもので、風呂に入り身なりを整え食事をすると、胸にわだかまった嫌悪感《けんおかん》より疲労と眠気《ねむけ》が勝《まさ》っていく。

入浴中のサラの様子を女将に聞き、また、食事中の表情も窺っていたシュウは、彼女がかなり参っているのをひしひしと感じた。

「じゃあサラ、お休み。なんかあったら隣《となり》にいるから」

シュウはそう声をかけると、自室に戻った。

サラの精神がダメージを受けるのはわかる。

正直、シュウにとっても先刻《さっき》のあれは応《こた》えた。

手に伝わる肉を切る感覚。噴《ふ》き出す血。生暖《なまあたた》かく不快なそれが自分の顔に、服に、手にこびりつく。さらに、あの血と臓物の臭い。

魔獣《ゴブリン》とはいえ、生き物の死にもの狂《ぐる》いの叫びと、断末魔《だんまつま》のうめきは強烈だった。

寝るしかないな。シュウは布団の中で苦笑する。

日が落ちてからもどこかしら喧噪《けんそう》の絶えなかったレリウの街が、ようやく寝静まった頃。シュウはふと違和感《いわかん》を覚えて目を開けた。

自分の布団《ふとん》の右側に誰かがいるのに気付いて顔を向ける。そこには子供のような寝顔をしたサラがいた。

どうしたんだろう。怖くて一人で寝られなかったのだろうか？

ただ、シュウも今日はさすがに限界だった。

空腹と疲労、そして緊張。

それらから解放された肉体は思考さえ許さず、シュウの意識を睡眠へと引きずり込む。

街までずっとそうしてきたように、せめてサラの肩を抱いてあげよう。そう思ったところで、再びシュウは深い眠りへと戻っていった。


「おや、夕べはお楽しみでしたかね？」

「……それどころじゃありませんでしたよ」

にやりと笑う女将に声をかけられ、シュウはゆらゆらと起き上がる。

布団では、サラがまだ寝息を立てている。

「ガイラスとグレイズが下に来てるよ。あんたに話があるようだが、後にさせるかい？」

「グレイズ？」

「あんたらが昨日助けた商人だよ」

「ああ……着替《きが》えるから待ってもらっていいですか？」

「あいよ」

女将は水を張った洗い桶《おけ》と新しいタオルを置いて出て行った。

シュウは、昨日洗濯を頼んでまだ返ってこない羽織袴の代わりに別の軽装で身なりを整え、洗い桶で顔をすすいで階下に下りていった。

「おはよう、シュウ」

ガイラスが一階の食堂風になっている広間のテーブルに腰掛けていた。

「おはようございます、ガイラスさん」

「おはようございます。昨日は危ないところをお助けいただき、誠にありがとうございます」

例の恰幅のいい商人――女将がグレイズと呼んでいた男が、おずおずとシュウに声をかけた。

「いいえ。たまたまですし、おかげで昨夜《ゆうべ》は私たちも助かりました」

半日以上無人の草原をふらつき、食うものもなかった一日の終わりにしては、非常に心地よい風呂と食事と寝床《ねどこ》だった。生き返った気がする。

招かれるまま座り、シュウは女将の心づくしの朝食を食べながら、二人の用件を聞くことにした。

「実はシュウたちに、王都までグレイズの護衛《ごえい》をしてもらいたいんだ」

ガイラスはそう切り出した。

早い話が、昨日の立ち回りを見て用心棒《ようじんぼう》として雇《やと》いたい、ということらしい。しかし
シュウは、サラの様子が気になってあまり気乗りがしなかった。

王都に行こうとは考えているが、別に急ぐ旅でもないし、それよりサラがゆっくり心を落ち着かせてくれた方がよほどありがたい。

いち早くその思いを読み取ったグレイズが、困ったような目線でガイラスを促《うなが》した。

「ここんところあまり魔物に出くわすこともなかったんだが、昨日のあの騒ぎでさ」

こいつがひどく不安がってるんだと、ガイラスは言う。

「それに、あんたらももし王都を目指すんだったら、一石二鳥《いっせきにちょう》じゃないかと思ってな」

まあ確かに、それはその通りだ。

「ただ、僕たちも誰かと約束があるわけではありませんし、サラの調子が戻るまで、ここで休んでいたいんですよ」

すると今まで黙り込んでいたグレイズが、こちらを窺いながら話し出した。

「で、でしたら、シュウさんだけでもいかがでしょう？」

グレイズによると、普段であれば、街の若者が数人もいれば護衛として充分らしい。

だが昨日、このあたりでは数十年ぶりにゴブリンの集団が奇襲《きしゅう》してきたため、グレイズも、護衛の面子も肝《きも》を潰《つぶ》しているのだという。

だが、人口もそれなりにあり人の往来《おうらい》も活発なレリウにとって、物流の停滞《ていたい》は非常につらい。

そこで、シュウやサラといった凄腕《すごうで》の冒険者が滞在している今、ガイラスたちにもう一台馬車を仕切ってもらい、二台で王都まで大量に必需品《ひつじゅひん》を買い出しに行きたい——というのがグレイズの考えらしい。

「出発の予定はいつですか？」

「明日、あるいは出来るだけ早い方がいいのです」

少し相談します。シュウはそう告げると、それっきり黙って食事を続けた。


さすがにお腹《なか》が空いたのか、サラは昼前にやっと起き出してきた。

どうやら確信犯だったらしく、シュウの布団に潜り込んだことには全くノータッチだった。だったら明日から同室でもいいかな、とシュウは思う。

とりあえず一階のフロアのテーブルで、サラの食事が終わった後、先ほどのガイラスたちの頼み事を相談してみた。

「また、昨日みたいなことになるのかな」

サラの口調は静かだったものの、明らかに後ろ向きだった。

「じゃあ、僕一人で行ってみようか？　どちらにせよ一度王都ってところの様子は見たいし。サラはその間、ここでゆっくり休んでいたらどうかな」

「えっ……」

「片道十日くらいかかるかもしれないみたいな話だった。まあ二十日《はつか》くらいしたら帰ってこられると思うけど、いいかな？」

「……」

サラはうつむき、何も話さなくなってしまった。


「とりあえず、気分転換に買い物に行かない？」

食事を終えたサラにシュウが提案してみる。

「買い物？」

サラがあまり前向きでないような口調で返すと、シュウは小声でサラに耳打ちした。

「下着、とか」

サラは一瞬身を硬《かた》くした後、真っ赤になりながらうなずいた。

レリウは活気のある街だった。

縫製《ほうせい》の技術はあまり発達していないのか、服や肌着の類はデザインも機能性もよくなかったが、二人ともそうした手持ちが全くなかったので、ここで十着以上のストックを買いそろえた。

そもそもＶＲ・ＭＭＯのゲーム世界では、下着の必要性がない。そのため、アイテムとして一切存在していなかった。もちろん女性用も同じだ。

買い込んだパンツはゴムが使われていないために、使い勝手というか履き心地がひどく悪い。ごわごわした肌触《はだざわ》りなのが特に残念だった。

だがまあ、ないよりはマシなのである。

支払いの段になって、ちょっとしたトラブルがあった。

「おいおい、街場の店で金貨なんぞ出されても困るよ」

相場《そうば》がわからないので、とりあえず金貨を出して払おうとした二人に、店主が困惑顔で言った。日用品の買い物はせいぜい銀貨で事足り、通常は銅貨が主要な通貨になるらしい。

ゲーム中では通貨を意識せず買い物が出来たため、今ひとつ二人は相場観がない。

「あ、すいません」

シュウは慌てて銀貨を取り出し、支払いを済ませたのだった。

その後、武器屋や防具屋を見て回り、まだ少し早いが二人は宿に引き返した。

武器や防具はめぼしいものがなかった。

そもそも二人は、この世界では非常識に高性能な品々《しなじな》を大量にストックしているため、改めて買いたいと思えるほどの品がないのだ。

シュウたちは宿屋に着くと、女将に「今日から相部屋《あいべや》にしたい」と相談する。ベッドはツインがあったので、そうしてもらった。

料金を聞くと、ガイラスが払うと言って帰ったとのことで、女将はそれ以上答えようとしなかった。

あまり世話になるのは居心地《いごこち》が悪いので、シュウとしては自腹《じばら》で泊まりたかったのだが、やむを得ない。

二人がそれぞれの部屋から移動をしている時、女将がサラを呼び止めた。

「ねえあんた、凄腕なんだってねえ」

「……なんでしょうか？」

「一瞬でゴブリンを十匹くらい、ばっさばっさ斬っちまうんだってね」

「……」

「うらやましいねえ」

サラはカチンと来たのだろう。女将を睨《にら》むと、小声で吐き捨てるように言った。

「何がうらやましいんですか」

「うらやましいさ。あんたはその腕であの坊やを守れるんだからね」

今までの、サラをからかうような口調から一転し、女将はしみじみと言った。

「あんたちょっと下においで。お茶でも飲んで話そう」

「あれ、どこに行くんですか？」

シュウは、サラを連れて行こうとする女将に問いかける。

「女同士の話だよ。あんたは部屋でも片付けておきな」

サラと女将は、一階のカウンター奥にある厨房《ちゅうぼう》のテーブルに腰掛けた。サラにお茶を勧《すす》めると、自分も軽くお茶を啜《すす》って、女将は話し始めた。

「もう二十年も前になるかね。あたしの旦那《だんな》も、よく頼まれちゃ護衛の仕事をしてたのさ。だけどある日、あんたらと同じように、ゴブリンの大群《たいぐん》に出くわしちまってさ」

街の人間が大挙《たいきょ》して捜索《そうさく》に出たものの、馬と荷は奪われ、四人分の死体が散乱していた。死体はひどい有り様《ありさま》だったらしい。

「あの人なんか、頭と足がなくなってたし、いくら探しても見つからなかったねえ。内臓もすっかりなくなって、ぽっかり穴が開いてるようだったよ。食われちまったか、どうしたもんか」

そこで女将は、サラをじっと見つめた。

「あんたは、そういう奴らと戦ってるんだ。あの日あんたらがいなければ、護衛の連中は奴らに殺されてただろうさ」

「……」

サラはとっさに返す言葉が浮かばない。

「あたしにあんたの腕があったなら、亭主を一人で行かせたりしなかったろうね」

そう言うと、女将は自分の茶碗を流し場ですすぎ、勝手口《かってぐち》から表に出て行った。


夕食の時間になると、再びガイラスとグレイズが宿屋を訪ねてきた。

シュウとサラを交《まじ》え四人で夕食を取りながら、明日以降の予定を話したいようだ。

「僕も王都へ行ってみたいですし、とりあえずご一緒しようと思います」

シュウはサラを窺った。

「私も、行きます」

何があったのか、サラはずいぶんあっさりとそう言った。

シュウは不思議に思いながらも、心の内ではサラの変化を喜んでいた。やはり二十日以上も離れるのは心配だし、なんと言っても淋《さび》しい。

こんな世界に突然放り出された二人だから、どこかしら共鳴《きょうめい》している部分があるとシュウは感じている。

だからこそ出来る限り常に一緒に行動したいと思う。だが、まだサラにはっきりそう頼むことが出来ない思春期特有の歯がゆさを、シュウは抱《かか》えていた。

ガイラスとグレイズはとても喜んで帰って行った。

明日からは、二人にとって新しい冒険が待っている。シュウは胸の高鳴《たかな》りを感じながら眠りに就《つ》いた。

2

翌朝目覚めると、サラはまたシュウのベッドに潜り込んでいた。

洗い桶に水を張って持ってきた女将に「夕べはお楽しみでしたかね?」と聞かれて、シュウは「はいはい……」と答える。

ガイラスとグレイズはすでに宿屋に来ていたので、サラとシュウでテーブルを囲み、朝食を済ませた。

別のテーブルには見覚えのある護衛が二人。そして初顔合わせになる護衛も二人。

つまりここにいる八人が、今回の道行の顔ぶれということらしい。

食事が終わった後、早速二台の馬車に分乗《ぶんじょう》し、王都への旅がスタートした。

このまま川沿《かわぞ》いの道を東に下り、五日ほど行ったところにあるライダンという都市から南東に進むようだ。

このコースのよいところは、なんといっても片道十日間、野宿《のじゅく》が一度もないことだろう。

言うまでもないが、野宿せねばならない道のりというのは、それだけでさまざまなリスクを抱えることになる。

夜盗《やとう》、野獣、魔獣に、もちろん自然現象も含まれる。

だから、一見遠回《とおまわ》りに見えても一度ライダンまで出るコースを必ず取る、とグレイズは言った。

それはおそらく賢《かしこ》い判断なのだろうとシュウは思った。

第一、野宿はリスクだけではない。疲労も大きいのだ。

旅においては疲労も重要な課題になる。疲れているとまず、ミスが多くなり、集中を欠《か》くようになり、理性より感情で物事を判断するようになり、そして体調を崩《くず》しやすくなる。

商人としては、そのどれもが致命的《ちめいてき》な失敗につながり得る。

見た目はちょっとだらしないが、このグレイズという男、これでなかなか優《すぐ》れた商人かもしれない。シュウはちょっと彼を見直していた。

ガイラスとグレイズという、この世界の大人とじっくり話す機会を得られたのは、サラとシュウにとって非常に有益だった。

ガイラスは冒険者、グレイズは商人という立場から話してくれるので、とても参考になった。

そして、サラもシュウも、この世界においては相当な強者であるということもわかった。

「まず、あのレベルでゴブリンを蹂躙《じゅうりん》できるというのは、王家直属の騎士や、教会の聖騎士《ホーリー・ナイト》でもほとんどいません」

ガイラスは言った。

「最初の一撃で何匹かを狩り上げるというのは、まあ膂力《りょりょく》があれば誰だってやり得るけどな。あんたらは、たった二人で何十匹ものゴブリンを駆逐《くちく》したんだ」

「全滅させたんじゃなくて、向こうが逃げ出したんですけどね」

なんだか持ち上げられているような感じになって、シュウは照れた。

まあいずれにせよ、シュウやサラのようなプレイヤーキャラ（PC）的な強い存在はあまり多くない、ということだろう。実際問題、そんなに強いのがごろごろいるゲーム世界というのは、ちょっと異常なのかもしれない。

それにしても、あの光の玉に言われてはいたが、本当にこの世界はリアルなのだとシュウは改めて感じた。

ノンプレイヤーキャラ（NPC）やモブと呼ばれる存在が、一人一人意思を持って動いている。

それは確かに、シュウやサラの気の紛れになった。

サラにとっては、ここ数日の旅程《りょてい》が、こんな世界に巻き込まれた自分を『納得』させるためのよい機会になっている。

あの宿屋の女将の言葉は、確かな衝撃となってサラを襲った。

シュウと二人っきり、なぜこの世界に放り投げられたのかはわからない。だが、もし——シュウがいなかったら。

宿屋の女将の言葉で自分が戦慄《せんりつ》したのは、「もし、シュウ一人行かせて、帰ってこなかったら？」ということだった。

初戦の様子を見る限り、確かにこっ**ち**でもシュウはかなりの使い手だろう。

だが、寝込《ねこ》みを襲われたりだまし討《う》ちを食らえば、どんなに強い者でも容易に命を落とす。

自分がシュウと共にいない状況で、もし彼が死んだら……自分はそれに耐えられるだろうか？

この三日間というもの、サラはシュウに甘え、夜は彼の傍《そば》で眠っている。シュウが近くにいなければ息苦しいほどに依存《いぞん》しているのだ。

それにしてもシュウは、ベッドに潜り込んだサラにいくらでも手を出すチャンスがあるというのに、全くそうしない。

それどころか、幼い娘をあやす父親であるかのように、ただ優しく肩を抱いてきたりする。それが嬉しい反面、腹立たしくもあった。

一方、シュウは無意識であるにせよ、サラのこの行動――自分の布団に潜り込んでくることの真意を理解していた。

シュウは無意識に恐れているのだ。

もし今一時の気まぐれでサラと男女の仲になったとしても、その後つまらないイザコザで彼女との関係が壊れたら、と。

穏やかだった旅に暗雲《あんうん》が立ちこめたのは、レリウ出発から四日目の午後だった。

昼食を取るために馬車を停め、護衛たちが火をおこし炊事《すいじ》を始めた時に、シュウが、前方右側の森の気配が変わったことに気付いた。

「ガイラスさん、サラ」

火の傍《そば》に座る二人にさりげなく近付き、シュウはその変化を告げた。

「囲まれています」

グレイズの馬車には今、王都で売るためにレリウで仕入れた特産品が満載されている。

その一部は途中の経由地で売却し、代わりの商品を詰め込んだりしているが、多くはレリウの特産品である乳製品や加工肉などの食料、他に皮、布類だ。

つまり魔獣から見れば、食欲をそそる香りを常に漂わせながら獲物たちが歩いていることになる。

だが、何日か前に起きた衝撃の要因である『人間』がそこにいることが、ここまで襲いかかれない理由だった。

そこでゴブリンは再び数に頼ることにした。

さらにオークという『知性』に勝る仲間を引き入れることにも成功した。魔法を使え、知恵も人間に引けをとらず、そして戦闘力は人間以上を誇る存在を。

オークは、ゴブリンが目をつけた獲物が、通常の倍にも当たる物資を積み込んで旅をしていることを見抜いていた。

おそらく、よほど警護に自信があるのだろう。

だが数日様子を窺っていたところ、人間の一行はわずか八人。

こちらには魔法が使えるオーク五匹。それぞれが魔法の他、弓や剣も使える。

これだけでもあの八人を蹂躙できるのでは、とオークは踏《ふ》んだ。さらに、百匹を超《こ》えるゴブリンが集まっている。

この先ライダンを越《こ》えると、人間の軍隊が存在する。だがここならば、決着がつく前に人間たちの援軍が駆けつけることは無理だろう。

オークは襲撃を決意し、まずゴブリンに前後を塞《ふさ》ぐよう指示する。

そして、他の四匹のオークに作戦を与えた。


「囲まれてる。ゴブリンだな。えらい数だ」

ガイラスはそう言いながら、護衛の男たちに火を始末させ、グレイズを馬車に避難《ひなん》させる。

「さて、どう戦おうか」

シュウを見るガイラス。

「殲滅《せんめつ》するしかありませんね」

シュウはため息交じりに答えた。

「馬車での突破は難しいでしょう。だからまず、行く手を塞いでいるゴブリンを殲滅《せんめつ》して、馬車を進めながら後ろから来るゴブリンと戦い、ライダンに向かう」

「そうだな」

「ライダンには当てになる戦力はあるんですか?」

「異常に気付けば、百人近い兵は出せるだろう。だが、来るまでにかなり時間がかかる」

こちらの護衛のうち、二人には馬車の御者をしてもらわなければならない。

もう二人には前後で先走り《さきばし》のゴブリンの始末を任せるとして、左右に残すのは、サラとガイラスになるだろう。

とすると。

「ガイラスさんとサラは左右で馬車を守ってください。前後には一人ずつ。馬車はいつでも走り出せるよう、御者を付けて待機してください」

「よし」

「サラ、大丈夫?」

「もちろん。私もシュウ君と一緒に行かなくていいの？」

「僕の殲滅が遅れたら、後ろから来るゴブリンへの対応が間に合わない。だからお願い」

「……わかった」

「ガイラスさんは極力、馬車の周囲を離れないでください。前が片付いたら馬車に乗って」

「おう、頼む」

「じゃあ、行きましょうか」

シュウは腰に刀を差したまま、アイテムガジェットを開いて、一振りの長刀《ちょうとう》を取り出した。

その光景に、ガイラスは呆然とする。

「な、なんだそりゃ……」

シュウが取り出したのは、刃渡《はわた》りだけで二メートルもある長刀、斬馬刀《ざんばとう》だ。見た目こそ美しい日本刀のそれだが、長い刃渡りに加え、柄《つか》の部分も一メートル近くある刀は、禍々《まがまが》しい銀光を放って、見るものに威圧感を与える。

抜いた鞘だけをアイテムガジェットに戻し、シュウは数歩前に進み、斬馬刀の峰《みね》を右肩に載せて担いだ。

ガイラスはサラに、唖然《あぜん》としたまま尋ねた。

「おい、今あれどっから出したんだ?」

サラはこの時、この世界にアイテムガジェットが普通に存在していると思っていた。そのため質問の意図がわからず、答える代わりに首を傾げてから、自分の持ち場に歩き出した。

「……なんだか、本当にすげえな」

ガイラスは理解することを諦《あきら》め、自分の腰にある両手剣を鞘から引き抜いた。


シュウは、前方にゴブリンの大群——およそ五十匹——が集結するのを歩きながら待つ。

そして、完全に街道を塞ぐ形で包囲するゴブリンに向かって、一気に駆け出した。

足に履くウィングブーツが、人間離《ばな》れした速度をシュウに与える。

ゴブリンたちが虚《きょ》を突かれた瞬間。肩に載せていた斬馬刀を右下段に持ち替え、シュウは立ち止まる。

止まった慣性《かんせい》を一気に刀に乗せ、シュウは斬馬刀を横薙ぎに振り切った。

間合いに入ろうとした周囲のゴブリンが十数匹、その一閃で肉塊《にくかい》と化す。

左に振り切った斬馬刀を返し、シュウは左手の一群に向かって走った。

粗末《そまつ》な武器を手にしたゴブリンたちは、一瞬で激変《げきへん》した目の前の光景に驚愕《きょうがく》した。浮き足だった左翼《さよく》のゴブリン二十匹ほどを、シュウは斬馬刀で刈《か》り取る。

右翼のゴブリンはすでに潰走《かいそう》を始めている。その瞬間、激しい殺気《さっき》がシュウを襲った。

ズシャ！

反応したが避けきれず、痛みが脳髄《のうずい》まで駆け上がってきた。

「ぐっ」

とっさに右手で脇腹《わきばら》を触ると、服が裂《さ》け、皮膚にも一閃の切り傷が付いている。

「魔法使いがいるぞ！」

シュウは五十メートルほど後方の仲間に叫んだ。

「オークだ！」

前の馬車の御者をしている護衛が悲鳴を上げた。

「くそっ。最悪だ！」

魔法を使うオーク。それはもはや、商隊の護衛風情《ふぜい》がどうにか出来る相手ではなかった。軍団の騎士や魔術師が一軍を編成して戦うべき相手である。

ガイラスは全滅を覚悟した。

「ガイラスさん、サラ！　馬車に乗って！」

シュウは斬馬刀をアイテムガシェットに放り込み馬車に駆け寄ると、そう指示を出した。

前後を守っていた護衛も馬車に乗せ、御者の二人に馬車を出すよう命じる。

「サラ、二台の馬車に《レジスト》かけられる?」

「大丈夫!」

「じゃあお願い!」

後ろの馬車の御者台にサラを乗せると、シュウは一人その場に残った。

背後から襲いかかろうと迫《せま》るゴブリンの一群を食い止めるため、再びアイテムガジェットから斬馬刀を取り出す。

オークたちは、目の前で展開される事態をあっけに取られて見守っていた。

だが、馬車が逃げ始めたことですぐに正気を取り戻す。

馬車を停めるなら、馬を殺すのが手っ取り早い。

前方で二手に分かれていた四匹のオークたちは、自分たちに向かってくる馬車の馬めがけ、《エア・ブレイド》や《ファイア・ランス》の呪文を唱えた。

前方から飛んでくる魔法を見て、ガイラスは、あと数秒で自分が死ぬことを覚悟した。

隣で御者をする護衛の男も同様に、諦めに似たため息を漏らす。

だが——。

サラはすでに、《レジスト》を完成させていた。

目の前でそれらの攻撃魔法が、サラの作り上げた魔法障壁に当たって砕《くだ》けるのをガイラスたちは見た。

自らの魔法が無効化され、四匹のオークは冷静さを失う。そして限界まで、さらなる攻撃魔法を紡《つむ》ぎ出した。

馬車の周囲は、乱れ飛ぶ魔法とそれが砕ける残滓《ざんし》で、眩《まぶ》しいほどにきらめいた。

恐怖で馬たちがすくみ上がるが、サラはその中を淡々《たんたん》と歩いていく。

ついに四匹のオークの魔力が尽《つ》きた。

巻き上がる粉塵《ふんじん》が晴れると、白銀の鎧を身にまとった美しい女が、自分たちに向かってゆっくりと歩いてくるのが見えた。

するとオークたちは現状など忘れ、サラを征服《せいふく》したいという純粋な欲求に囚《とら》われた。

──あの女を組み伏せ、陵辱《りょうじょく》し、所有したい。

光り輝く白銀のプレートメイル。手には魔力で金色に光り輝くロングボウ。

彼らが心の底から忌《い》み嫌いつつ、しかし隷属《れいぞく》させたいと心から欲《ほっ》する、あのエルフ族にどこか似た人間の女。

オークたちは腰の刀を抜くと、サラを捕獲《ほかく》しようと駆け出した。ほんの一瞬前の力量差など、もはや思考から欠落《けつらく》していた。

五十匹のゴブリンと一匹のオークは、戦鬼《せんき》のように立っている少年に殺到《さっとう》した。

ゴブリンもオークも「あれを倒せば後はどうにでもなる。見たところあの小僧だけがこの商隊の戦力なのだ」と直感していた。

ゴブリンたちが奴《やつ》を組み伏せたら、丸ごと破砕《はさい》してくれる——オークは魔法詠唱《えいしょう》の準備をしつつ、その瞬間を待った。

五十匹のゴブリンは、無秩序《むちつじょ》にただ一点に、シュウに群《むら》がる。

だが、ただ一匹たりともシュウに触れることは敵《かな》わなかった。

シュウは右足を軸《じく》に、斬馬刀を横薙ぎにして数回、回転した。大技スキル《ランペイジ・ソード》だ。

その瞬間、残ったオークは《ファイア・ランス》と《エア・ブレイド》を、その中心に向かって、全力で交互に撃《う》ち始めた。

周囲に積《かさ》み重なるゴブリンの残骸《ざんがい》は、それらの魔法でさらに粉砕《ふんさい》され、一帯は血潮《ちしお》と肉片で赤黒く染まっていく。

サラは流れるように自然な所作《しょさ》で、右手側の二体のオークの頭を射抜《いぬ》いていた。

手にしたロングボウは炎の祝福《しゅくふく》を与えられたもので、射た矢が敵に当たると、《ファイア・ランス》と同等の効果を発揮する。

サラに射抜かれたオークの頭は爆砕《ばくさい》し、頭を失った体はそのまま崩れ落ちた。

左手の二匹はその隙《すき》に一気に駆け出し、弓の間合いの内側に入り、両サイドからサラを捕らえにかかる。

サラは惜《お》しげもなく弓を投げ捨て、腰のレイピアを引き抜き、迫るオークたちを呆気《あっけ》なく斬り伏せた。

――シュッ。

剣を振り血糊《ちのり》を払い、足下の弓を拾い上げると、サラは馬車へと踵《きびす》を返した。


魔法を打ち終わった瞬間、オークは一瞬上空に黒い影を見た。それが、オークの知覚したこの世の最期の光景だった。

右手に刀を、左手に脇差を握ったシュウが、五メートル近い距離を一足で跳躍《ちょうやく》し、三メートルほど上空から一気にオークを斬り伏せる。

オークの放った火と風の魔法は、この二振りの刃に施されたそれぞれの祝福によって、すべてかき消されていたのだ。

ゴブリンの返り血を全身に浴び赤黒い姿となったシュウは、刀を払うと鞘に戻し、アイテムガジェットからタオルを取り出して、やっと顔に付いた肉片と血糊《ちのり》を拭き取ることが出来た。

逃げ出したほんのわずかなゴブリンを除き、九十匹以上の魔物の群れが、たった二人の人間によって壊滅《かいめつ》した。


ライダンの街には王国兵の詰め所があった。

しっかりした城郭《じょうかく》が街を囲む大型の都市で、門構えも鉄製の跳ね橋になっていて、当然、堀も備えられている。

人口も、レリウの数倍はありそうな雰囲気だった。

その詰め所で、シュウとサラたち一行は、オーク、ゴブリンとの戦闘の詳細を聞かれていた。

一行八人が口をそろえ、シュウとサラの二人で五匹のオークと百匹前後のゴブリンを倒したと報告したので、この街の駐留軍の隊長は、彼らを異常者だと思った。

常識で考えてあり得ない戦果だし、そもそも、そのような大群の目撃情報もなかった。

もしかしたらなんらかの幻術で、商隊から金でもせしめる類の詐欺《さぎ》だろうか?

そう考えた隊長は、他の六人は早々に解放したにもかかわらず、シュウとサラだけは未だに詰め所から出ないよう禁足《きんそく》させていた。

小川で身を清《きよ》めたものの、まだ入浴にありつけていないシュウは、昼飯を抜いているせいもあって、夕飯時のこの時間までのらりくらりと留められていることに腹が立ってきていた。

シュウがそんな状態なので、つられてサラも不機嫌になっている。

そこに、状況を確認しに行った斥候《せっこう》の一人が、青ざめた顔で帰ってきた。

「オークの死骸《しがい》は五匹……ゴブリンはあまりに多くて確認が出来ません。あたりはすさまじい状況で、早急に片付ける必要があると思います」

斥候の言葉を聞いてもまだ信じた様子を見せない隊長に向かって、シュウは立ち上がり告げた。

「ではこれで。用があるなら宿まで来てください」

多少強引に宿に移動したシュウは、食堂で夕飯の席に着くと、先ほどまでの険《けん》はどこへやら、実ににこやかな表情になっていた。

その様子をサラが微笑んで見ている。ガイラスはやれやれと肩をすくめた。

サラの視線に気付いたシュウは、恥ずかしそうに笑い返しながら、おかわりした肉にかぶりついた。

「ずいぶん時間がかかってたが、何を聞かれてたんだよ」

「いや、なんにも。ただなんか足止めされてた感じかな」

ガイラスは心底不思議そうに言う。

「褒《ほ》められこそしても、疑われるようなことは何もないのにな」

「まあ僕たちはどっかに所属してるとか、そういう後ろ盾もないですからね」

「そんなもんかね」とガイラスは相槌《あいづち》を打ったが、夕食はそんな感じでお開きになり、一同はそれぞれの部屋に下がった。

サラとシュウのベッドはついにダブルになった。

「どうせツインを取ってもサラがこっちに入ってくるなら、最初から広い方がいいでしょ」と聞くと、あっさりサラも同意したからだ。

確かにベッドは広くなったものの、初めはサイドでもじもじ寝ているくせに、朝が来るとシュウの背中にぴったりくっ付いているサラのせいで、結局シュウはぎりぎりベッドの端《はし》っこという有り様だった。

王都まで残り五日の旅程は、これまでと打って変わって楽なものだった。

道の手入れが行き届いているから馬車の揺れも少ないし、人通りも多く、魔物が出そうな藪《やぶ》や林などもない。同じ方向に向かう商隊も多いので、警護の人数も自然と多くなる。ここから先ではまず襲われることはない。

結局のところ、昨日魔物に襲われたのは、あれが奴らにとって最後のチャンスだったのだろう。

街道沿いには、昼食が取れるような規模の集落もあったりする。ライダンと次の街のちょうど中間あたりに、商隊目当てのかなり立派な食堂があった。

「この辺で昼食にしましょうか」

グレイズが声をかけると、一同はほっと気を緩《ゆる》めた。今日は美味しい昼飯にありつけそうだ。うまい飯は人の心を豊かにする――シュウの持論である。

食事を終えて午後の旅路《たびじ》に出立したグレイズの商隊一行は、しばらくすると、軽装の騎乗兵に足止めされてしまった。

「レリウのグレイズ一行か？」

「はい、そうでございます」

「護衛のシュウとサラと申すものは？」

「僕たちですが……」

「お前らに警備隊長が話があると仰《おお》せだ。急ぎライダンまで戻るように」

それを聞いたシュウの顔が、みるみる冷たさを帯びていく。

「僕たちには用はありません。話があるなら次の街レイラズまで来るように、隊長さんとやらに伝えてください」

「貴様、逆《さか》らうのか？」

「逆らう？」

ギラリとした闘気《とうき》がシュウの全身から溢《あふ》れ出す。

その見えない何かに気圧《けお》されたかのように、騎乗兵の馬が怯えて数歩下がる。

「何を言っているのか僕にはさっぱりわかりませんね。こちらは商隊の警護で王都に向かっているわけです。呼び戻されれば商売になりません。それに、理由もわからずいちいち引き返すことは出来ません。お聞きしますが、なんの用ですか？」

「し……知るか！　とにかく隊長がお呼びだ。おとなしく従った方が身のためだぞ」

「そんな馬鹿げた命令なんて聞けません。とにかく、あなたは戻って伝えてください。用があるならそちらから来いと」

「き……貴様っ」

騎乗兵は、思わず腰の剣に手を伸ばす。

「いいか、抜くなよ」

シュウは、腰の刀の鯉口《こいぐち》を切って深く腰を落とし構えた。

「抜けばこっちも護身《ごしん》のために抜く。お前みたいな下っ端《したっぱ》が国の威信《いしん》を笠《かさ》に着て何人かかってこようと、負ける気はしない。お前より昨日斬ったオークの方が、よほど歯ごたえがあったと思うぞ」

シュウはなおも威圧する。緊迫《きんぱく》した雰囲気のなか、騎乗兵の気が萎《な》えたのを察し、シュウは構えを解いて、鯉口にハバキを収めた。

キンッという澄《す》んだ金属音が、周囲の硬直した空気を緩ませる。

「いいだろう。せいぜいレイラズで首を洗って待っておれ！」

言い捨てると、騎乗兵は馬を返して走り去った。

「おいおい、いいのか？」

ガイラスは、今になって噴き出した冷や汗を拭いながらシュウに問いかけた。

「構いません。それより、なんか雲行きがおかしくなってきました。グレイズさん」

不安そうに馬車から顔を出したグレイズに、シュウは声をかける。

「はい」

「この先、僕たちが一緒にいることで、もしかしたら要らない面倒事に巻き込んでしまうかもしれません。もうあまり危険がなさそうですし、僕たちはここまでということにしませんか?」

「いいえ、とんでもない。わずか数日で二度も命を救われた身です。どうかお気になさらず」

意外にもグレイズは、シュウの申し出を断った。

「……いえ、やはりレイラズから別行動にしましょう。皆さんは、揉《も》め事を恐れ私たちを解雇《かいこ》したと言えば、問題ないはずです」

シュウは一瞬考え、そう伝えた。

「僕たちは、レイラズであの連中を待ちます。もしよかったら、よい宿を教えてください」

「……まあ、とにかくレイラズまでは一緒に行こう」

ガイラスがそうまとめたことで、再び一同は進み出す。

周囲の商隊も、どうしていいかわからず立ちすくんでいたが、つられるように動き出した。

シュウとサラは、レイラズではあえて一行と別の宿を取った。なんらかのトラブルに巻き込まれた場合、同じ宿では彼らに飛び火する可能性があるためだ。

宿の前で別れる時、シュウとサラに、グレイズはそれぞれ金貨一枚を謝礼として差し出した。

シュウは要らないと伝えたが、「商人は貸しを作っても、借りは作りたくないものなのですよ」と笑い、グレイズは強引に二人の手に金貨を握らせた。

「とはいえ、今回のことでは、大きな借りを作ってしまいました」

「いいえ、グレイズさんたちのせいではありません。それより、わがままに巻き込んでしまってすみません」

「じゃあ俺たちは行くぜ。シュウ、サラ。もしなんかあったら、俺んとこに来てくれ。まあ戦闘じゃ全く力になれそうもないが、他のことならなんでも相談に乗るぜ」

ガイラスは笑いながらそう言ってくれた。

今まで大人数だった夕食も、二人きりになると途端《とたん》に寂《さび》しくなる。

「サラ、ごめんね」

シュウは、ぼそっとサラに詫びた。

「ううん、久しぶりに二人っきりになれたし、いいの」

サラは気に病《や》むシュウに笑いかける。

「私もなんか腹立ってたし、ね」

その時、馬の足音が外から聞こえてきた。やっと来たようだ。

「さあ、どんな騒ぎになるのかな？」

二人は食事の手を止めると、傍《かたわ》らにあらかじめ用意してあった得物を腰に佩《は》いて、宿の正面から外に出た。

「シュウ殿とサラ殿とお見受けいたします。私は、ノイスバイン騎士団のアルノルと申します」

甲冑《かっちゅう》を着た偉丈夫《いじょうぶ》が、形のよい礼をして声をかけた。

「僕はシュウです。こっちはサラ」

シュウも答えた。

「早速ですが、お二方には、こちらの手違いから大変ご不快な思いをさせたようで、ライダンの者らに代わり、私からお詫びを申し上げたく存じます」

アルノルは二人を前に頭を下げる。

意外な成り行きにちょっと戸惑《とまど》いつつも、シュウは気を許さず、硬い口調で応えた。

「謝罪を受け入れましょう。アルノルさん」

「事情は、グレイズ殿からもお聞きいたしております。お仕事のうえでも大変なご迷惑をおかけしてしまいました。そちらについてもお詫びいたします」

「わかりました。ただすいません、お腹が空いてるんで、食べながらでいいですか？」

再び宿に戻り事情を説明すると、主は了承してくれた。

同じ席を求めたアルノルを迎え、一同は食事を再開した。

壁際に、アルノルの配下らしき若者と少女の騎士が直立不動で立っているのが気に障るが、気配からして今のところ害意はなさそうなので放っておく。

先ほど食いっぱぐれた肉料理が出てきて、シュウは途端に相好《そうごう》を崩す。

先ほどまで仏頂面《ぶっちょうづら》だったシュウにつられてどこかしら緊張していたサラとアルノルも、それを見てふっと気を緩めた。

こんな表情をするシュウはとても幼く見える。もともと年齢より幼く感じるシュウだが、こういう時は、まるで十四、五歳くらいの少年に思えるほどだ。

「お二方にご迷惑でなければ、食事をしながらお聞きいただきたいのですが」

アルノルは、沈黙していた方が気まずかろうと、本題を切り出した。

「お願いします」

シュウはまだ幸せそうな顔で肉をほおばりながら応じる。

「まず、我々がここに来たのは、お二方をお招きしたいと、国王から命ぜられたためです」

アルノルが言うには、早馬で状況を報告された軍務卿《ぐんむきょう》が、とりあえず状況を宰相《さいしょう》に伝え、それを王が聞き、強く興味を示したということだった。

早速、その者たちに会いたい、手配せよという話になったのだが、ライダンの兵士の不《ふ》遜《そん》な態度によって話がこじれてしまった。そのことを知ったアルノルの部下が王都まで走り、そこで彼らがここまで来たのだという。

「なるほど、わかりました」

「お二方は馬には乗れますかな？　もし扱えるようであれば、明日、ご同行いただきたいのですが」

「サラ、乗れる？」

「私は乗れます。シュウ君は？」

「いやちょっとわからないけど、もしかしたら大丈夫かも」

わからないというのも変な話だとアルノルは思ったが、まあとにかく、明日この二人のために馬を用意しようと考えた。

「お食事中、失礼いたしました。それでは、明朝お迎えに伺います」

アルノルは二人に改めて礼をして、店を立ち去った。

「いやはや驚いた。お二人さん、何者ですか？」

騎士たちが立ち去ると、主が「これはサービスだ」とグラスにぶどう酒を入れてやってきた。

「ただの商隊の護衛ですよ」

「いやいや、ただの護衛に騎士団長が挨拶にお見えにはならんでしょう」

「えっ、あの人そんなに偉かったんですか？」

サラが口を挟《はさ》むと、主は、もちろんとばかりに勢い込んだ。

「そうですよ、あの方は騎士団を統括《とうかつ》する団長様です。騎士隊の隊長たちのさらに上。この国の護りの要《かなめ》のお方です」

そうか、少し無礼をしちゃったかな、とシュウは思った。ただ昼間の不快感が少し残っていたせいで、シュウのこの国に対するイメージはまだ悪いままだった。

翌朝、三人の騎士たちが早朝から迎えに出てきた。

乗れるかわからない馬に乗って、通常四日かかる王都への旅に出るということで、さすがにシュウも、朝食はごく軽めにしていた。

サラは普通に食べていた。乗馬によほど自信があるのだろう。

ゲーム内でなら、シュウは何度も馬に乗ったことがある。だがリアルでは、乗るどころか触ったことさえない。だから正直、予想が付かないという状態だったのだ。

だが意外なことに、鞍《くら》にまたがる姿など、傍目《はため》にはシュウの身のこなしは見事なものだった。

「お、これは。大丈夫そうだね」

「うん……完璧だよ、シュウ君！」

楽しそうに笑うサラも見事な乗馬姿だ。

「ではお二方、参りましょう」

アルノルを先頭に、サラ、シュウ、そしてお付きの二名という順に街道を南下し、一路、王都バインスタインを目指して走ることになった。

当初は気を使っていた騎士団長も、どうやら二人の馬の扱いが問題ないと判断したようで、本気で馬を飛ばし始めた。

馬車で残り三、四日かかる距離をこの速度で行けば、馬が完全に潰《つぶ》れやしないかと、シュウは余計な心配をしつつ必死で馬を御《ぎょ》している。

サラが気持ちよさそうに馬を操っているのが、一杯一杯のシュウには憎たらしい。

一つ目の街には寄らず、街の外周を大回りした。街の中を通り抜けるよりも、その方が早いのだろう。

二つ目の街に入ると、やっとアルノルは馬の速度を落とし、通行人に配慮しながら街の中央まで進んだ。そこには馬が何頭も用意された駅があった。

どうやらここで馬を乗り換えるらしい。

なるほど、あれだけ飛ばせた理由がわかった。

汗が塩に変わって真っ白になった馬を乗り捨てると、騎士団の面々は、おそらく自分の馬であろう、一般の馬とは比べものにならないほど立派な馬に乗り換えた。

シュウとサラにも、駅の馬が新たに貸し出された。

やがて王都に到着し、一行は馬の速度を緩めた。

今までとは比べものにならないほど巨大な城郭と都市。

正門から入ると、一直線に王城に向かって延びている目抜き通りの広さと立派さに、シュウは息を呑んだ。

物見高《ものみだか》く周囲を見物しているうちに、一行は城門に到着する。

王城の中に騎乗のまま招かれる。右手に馬屋があり、そこで一行は馬を下りた。馬の世話を担当しているのだろう若者たちが、さっと駆け寄り、それぞれの馬を引いていく。

「お二方、大変ご無理をさせてしまい、恐縮です。これから控《ひか》えの間にご案内いたしますので、どうかしばしおくつろぎください」

アルノルはそう二人に告げると、若い従者たちを引き連れ、来た道を引き返していった。

代わって、いかにも侍従《じじゅう》らしき壮年の男性がこちらに歩み寄ってくる。

「遠路はるばるのご来訪に感謝いたします。侍従長のクルトと申します。まずは旅の埃《ほこり》などを落とされますようお願いいたします」

慇懃《いんぎん》な挨拶をされた。

正直、風呂はありがたい。汗と砂埃ですごいことになっているからだ。

入浴後、二人は王との謁見《えっけん》ということで最も正装に近い服を選んでみた。

とはいえ、シュウは黒衣の侍そのもの。サラは炎属性の赤いプレートメイルの、兜以外のフルセットだった。どうせ謁見前に衛兵に取り上げられるだろうと、二人とも武器は持たない。

しばらくすると、いったん席を外していた侍従長が再び戻ってきて、準備が整ったと告げた。

そして案内された先、これが謁見の間というものだろう。

荘厳《そうごん》な扉が両側から開かれると、中は吹き抜けの天井。幅広《はばひろ》の赤絨毯《じゅうたん》が王座の前まで一直線に敷《し》かれ、その両側にまず衛兵が、王の近くには貴族らしき面々が起立していた。

王は、二人が入った瞬間に王座から立ち上がり、歓迎の意を示した。

二人は侍従長に背中を押され、王の前まで歩《ほ》を進める。

侍従長はそこで跪《ひざまず》きうつむいたが、別にシュウもサラも、この王国の民でもなければ貴族でもない。

日本にいた頃のように、お辞儀《じぎ》で敬意を表した。

傍らから、その無礼をとがめるように、あからさまな舌打ちをされた。

「サラ様とシュウ様をお招きいたしました」

侍従長が王に報告する。

「よく来てくれた。聞けば我が臣下が何やら無礼を働いた様子。お詫びいたす」

「僕はシュウと言います。こちらはサラ。お招きいただき光栄です」

シュウもしれっと返す。

「ライダンでの働き、礼を言う。臣民の憂《うれ》いを除いてくれた功を労《ねぎら》い、両名に褒賞《ほうしょう》を与える」

「ありがとうございます」

「では、下がってよろしい」

横合いからいきなり、王よりも尊大な声がかけられる。今声を出したのがたぶん、舌打ちの主だろう。

二人ともほっとし、「失礼いたします」と、とっとと退室させてもらった。

一緒に下がった侍従長クルトに、しばらくここで待つように言われ、二人は控え室に腰掛けていた。

クルトが退室してからしばらく経ったが、なかなか戻る気配がない。

早朝から午後までずっと馬を飛ばしてきたので、昼食を抜いている。そのこともあって、シュウはほんの少し不機嫌になっていた。早く解放してもらいたい。

「サラ殿、シュウ殿、お待たせしてすまない」

その時、クルトが出て行ったのと反対側の扉から、ノックもなしに男が飛び込んできた。

どこかで見たことがある顔だとすぐに気付く。なんと王様だった。

「改めて、よく来てくれた。予《よ》はノイスバイン王エカルド。よしなに頼む」

さすがにシュウもこれには肝を潰した。

「形式張《ば》った招きをしてすまなんだ。一応、ものには順序があるゆえな」

エカルド王はにやりと笑って、思わず立ち上がった二人に椅子を勧めた。

王の椅子を、後ろから付いてきたのであろう、クルトが流れるようにさっと引く。

実によい呼吸で様《さま》になっている。

二人の椅子は、王の後ろから入ってきた三人の騎士のうち、アルノルの側近である若い騎士たちが引いてくれた。

「ライダンからの経緯はアルノルから聞いた。予からも再度詫びよう」

「いえ、もうアルノル団長より丁寧《ていねい》なお詫びをもらいましたし、先ほども、真っ先に謝罪をいただきました。気にしないでください」

打てば響くタイミングで、シュウが答える。

「そう言っていただけるとありがたい。だが今回の謁見でも、馬鹿者がそなたらに無礼な振る舞いをしておった。これも詫びよう」

「とんでもないです。僕たちの礼が、こちらの礼と違っていたんだと思います。その気はありませんが、無礼があったならお詫びします」

「かまわん。そなたらは名前から察するに、遠い異国の出であろう。処《ところ》が違えば、作法も違うのが当然だ」

お互いのわだかまりが次第に薄れていく。

「そなたらはなぜ我が国に来たのだ？　話を聞くに、仕官や商いが目的ではあるまい」

一息入れて、王が話を継《つ》いだ。

「はい。僕たちはいろんな国を旅しようとここまで来ました。たまたま、レリウで魔物に襲われている商人と出会って、王都までの護衛を頼まれたんです」

「なるほど。そこで例のオークどもと出会った訳なのだな」

「そうです。後はご存じの成り行きです」

「今後はどうするつもりなのだ？」

「数日王都で買い物などをして、その後、旅の行き先を決めようと思っています」

「そうか、ではこうしよう。そなたらに、予から旅の手形《てがた》を進呈《しんてい》しよう。それと、そのような事情では物など送ったところで邪魔になろう。金で褒賞を贈るとしよう」

旅の手形ということは、国境にはなんらかの関所があるのだろう。これは二人にとって、最もありがたい贈り物だった。

「それは……それは本当にありがとうございます」

シュウは心から感謝した。

「そなたらの残した魔物どもの魔石も、併《あわ》せて買い取らせてもらおう。よいな」

魔物を倒すと、『魔石』と呼ばれる『魔力』が凝縮《ぎょうしゅく》して出来る石が残される。

魔物の心臓近くで精製《せいせい》するので、場合によっては、魔物を解体してでも取り出すことがある。

それらを、王は回収し買い取りたいと言っているのだった。

「わかりました。お願いします」

シュウは頭を下げた。

「最後に一つ、予から頼みがある」

「なんでしょうか?」

「ここにおるアルノルと、一度手合わせを願えんだろうか?」

なるほど。僕たちの実力を見たいということか。

断ってもよいのだが、あまりに王が嬉しそうに言うので、つい乗ってしまった。

「どちらとの手合わせをお望みですか?」

王がアルノルを振り返ったのにつられて、控え室にいるすべての者の視線がアルノルに集まった。

「……サラ殿との手合わせを所望《しょもう》いたします」

しまったな、躊躇《ちゅうちょ》しないで自分が受けると言えばよかった。

シュウは後悔したが、意外にもサラは嬉しそうに即応《そくおう》した。

「謹《つつし》んで、お受けいたします」


準備はわずか十分ほどで整えられた。

王は城の閲兵《えっぺい》用のベランダから様子を見ることにしたようだ。

サラは美しい葦毛《あしげ》の馬を借り、アルノルは栗毛《くりげ》の馬を引いてきた。

サラは例の炎属性のプレートアーマーのままだったが、今回はきちんと兜をかぶり、髪の毛を束《たば》ねて頭部を保護している。

二人はどうやらジョストを行うらしい。

ジョストというのは、典型的な騎士の馬上競技である。左右に分かれた騎士たちが、一直線にすれ違いながら、一騎打ちで勝敗を決する競技で、華麗《かれい》かつ豪快《ごうかい》で、危険な闘いだ。

非常に壊れやすい模造《もぞう》の木製武器によって争われる。

わざと得物を壊れやすく作っているのは、模擬戦で完全武装であっても、大けがをさせたり、死に至らしめたりしないためだ。

勝負は三本。一回戦は馬上槍。次にバトルアックスで争われ、最後に剣で勝敗を決める。

「かまえ」

充分に間合いを取った双方の中間に、騎士団員らしい男が立ち、勝負を預かっている。

「はじめ！」

かけ声と共に、二人が一気に馬をトップスピードまでもっていく。

王のいるバルコニーから見て、右手が深紅《しんく》のアーマー、サラで、左が純銀のアーマー、アルノルだ。

どちらも、なんのためらいもなく馬を突撃させていく。

見ているこちらの方が肝が冷える――。

シュウは不安で、顔を強張らせていた。

トップスピードで近付く双方は、あっという間にその瞬間を迎える。

――ガキン！

激しい衝突音は、鎧の音だろう。

二本の馬上槍は、お互いなんの策も弄《ろう》さぬまま交差し、双方が直撃となる一打《いちだ》を打ち込む。だがサラの一撃は、完全なカウンターになっていたようにシュウには見えた。

一秒にも満たない刹那《せつな》、バランスを崩し、アルノルが落馬する。

「なんと……」

王が驚きの声を上げるのを聞きながら、シュウはほっと胸を撫《な》で下ろした。

アルノルの元に駆け寄った団員が、ケガのないことを確認し、再度アルノルを馬に騎乗させる。

再び左右に分かれた二人は、今度は得物をバトルアックスに持ち替え、合図を待つ。

次のバトルアックスも木製の模造品ではあるが、馬上槍よりは頑丈《がんじょう》に作られているため、もちろんうかつに当たると命の危険がある。

「はじめ！」

審判《しんぱん》が叫ぶ。

アルノルはバトルアックスを頭上で器用に回転させ、威圧する。単純で効果的なパフォーマンスだ。

対するサラは、右手一本でバトルアックスを自然に持ち、淡々と馬を加速していく。

二人が交差するほんの一瞬前に、アルノルはバトルアックスを長めに持ち替え、先手とばかりに横薙ぎにふるった。

大味なパフォーマンスの後だけに、その攻撃の鋭さは、見る者の息を止めるほどだった。

だが、サラはその軌跡《きせき》を自分のバトルアックスで完全に防ぎ、そのまま押し返し、ついにアルノルの頭部に斧の刃先を押し当てていた。

圧倒的な力量差だ。技でもなんでもない。強引な、力の蹂躙《じゅうりん》。

落馬こそしなかったものの、完全にのけぞってバランスを崩したアルノルは、不覚にも得物を落とし、二回戦も敗退。

最後の勝負は、剣による馬上試合。これも木製の両手剣で争われる。

「はじめ！」

最後もお互い、馬を全速力で走らせ、一気に剣をぶつけ合った。

今度はサラは走り抜けず、馬の速度を緩めると、後ろから一気に襲おうとする。

アルノルも見事な手綱《たづな》捌《さば》きで馬を返し、態勢を整えていた。

そのまま失速した二人は、見惚《みほ》れるほどの剣捌きで、お互いの剣と剣を競い合っていた。

しかし、やはり一合一合の重みはサラに分《ぶ》があった。

徐々にアルノルの乗っている馬が押されていく。

サラは、一振りが大きくなったアルノルの剣を紙一重《かみひとえ》で避ける。

アルノルがほんの一瞬バランスを崩した隙を、サラは見逃さなかった。

その隙に乗じて、サラ自身も一瞬の隙が生じる大技を繰り出した。

シュウにはその技に見覚えがあった。

「《チャージ・クラッシュ》……」

シュウがうめくように呟いた。

騎士《ナイト》系ジョブの中級スキルだ。溜《た》め技に近い。連打が出来ない代わりに、一撃の剣筋《けんすじ》の鋭さと重さで、敵を麻痺《まひ》させるほどの威力を秘めた打撃属性の攻撃だった。

サラの剣がアルノルの鎧を右袈裟《けさ》に打ち据《す》えると、アルノルは一瞬意識が飛んだのか、たまらず落馬する。

――勝敗は決した。

「両名、見事である」

試合後再び王城に戻り、控え室に出頭《しゅっとう》したサラとアルノルは、王から労《ねぎら》いの言葉を受けた。

そして金貨が詰まった革袋を、サラとシュウはそれぞれ受け取った。

どちらにも金貨が二百枚ずつ入っているらしい。

その量がどのくらいの価値なのかは、いまだこの世界での経済がそこまでわからない二人には見当が付かなかったが、おそらく、かなり過分《かぶん》な褒賞だろうと思った。

「借りは作りたくない」と言って商人のグレイズが二人に渡したのが、たった金貨一枚ずつだったのだ。

ちなみに後に二人が知るところによると、金貨五枚があると、この世界では一家が一年、不自由ない生活が送れる。

「それでは予はこれにて。シュウ殿、サラ殿、本日はよく参ってくれた。後のことはアルノルがよきに計らえ」

そう言い残し、王は去った。

シュウは早速、アルノルに城下でおすすめの宿の手配を依頼してみた。

するとアルノルは、ただちに若い騎士たちに何事かを命じる。これで今日の宿は安泰《あんたい》となったはずだ。

「夕食まではまだ間があります。お二人は何かご希望の商品はありますか？」

どうやらアルノルは、自ら案内役を買ってくれるつもりのようだ。

「それなら、世界地図とか、この近隣の国の情勢がわかるような書物が欲しいです」

「私は、服なんかが……」

シュウとサラは、それぞれの希望を言った。

「心得ました。それでは、シュウ殿は私がご案内いたしましょう。サラ殿には、城の侍従をお付けいたします。女性同士の方がよろしいでしょうから」

街に出ると、さすが王都。これまでに通ったどの街にもない壮観《そうかん》な建築物が随所《ずいしょ》にそびえ立っていた。

人口も、賑《にぎ》やかだったライダンでさえ比べものにならない規模のようだ。道行く人間たちも、「人いきれ」と言うにふさわしい混雑を見せている。

スリも多いそうだ。この混雑では、確かに捕まえるのは容易ではないだろう。

サラを案内しているのは、いわゆるメイドさんのような女性だった。王室御用達《ごようたし》の高級仕立て店に連れて行ってもらえるらしい。

シュウは目抜き通りの一角にある、書店に案内されていた。

中で書物を見て、ずっと気になっていた懸念が解消され、ほっとする。どうやらこの世界に連れ込まれた時に何らかの言語処理があったようで、問題なく文字の読み書きが出来ることがわかったのだ。

シュウは、店内にある百科事典、地図、薬草図鑑、歴史事典、魔法事典などを手当たり次第に購入した。

そしてそれらをアイテムガジェットに無造作に放り込んでいく。

アルノルと書店主はあっけに取られてその光景を見ていた。

「シュウ殿、それは一体、なんなのですか？」

アルノルは、やっと言葉を紡ぎ出した。

「あー、えっと」

シュウは、どのように説明しようか頭を悩ませた結果、魔法とごまかすことにした。

「まあ、一種の魔法の道具です。持ち物を、ある道具を使って魔法の空間に閉じ込めます。開いた時に取り出せるようになってます」

店主とアルノルの目の前で、実際に世界地図を取り出してみせ、そしてまたしまってみせる。

二人は、理屈はわからないものの仕組みを理解したようで、いたく感動していた。

書店主はやたらと欲しがり、入手法を聞こうと頑張っていたが、シュウにとってはゲームに付いていただのアイテム機能に過ぎないので、教えようがない。

「いや、まあ秘匿《ひとく》を条件に譲《ゆず》られたものですので、僕にもよくわからないんですよ」

そういうことにしておく。

結局金貨五枚ほどの書籍をシュウは買いあさった。

活版印刷がない世界らしく、本はただでさえ高額であるが、これは大盤振《おおばんぶ》る舞いだ。

店主が恭《うやうや》しく露払《つゆはら》いを務めながら店先まで付き添い、深々と礼をした。

次はどこに行きたいかとアルノルが尋ねるので、シュウは「そういえば」と思い立って、「鍛冶《かじ》道具の店に行きたい」と答えた。

「ここが工具屋です」

アルノルが案内してくれたのは、いかにも工具の店という感じの、乱雑な道具屋だった。

工具の店に来ると、シュウにとってはどんな店でも本当に心が躍《おど》る。なぜかわからないが、シュウは子供の頃から、文具屋や工具屋、ホームセンターの類が大好きで、何時間商品を見ていても飽《あ》きなかった。

だが今回、鍛冶屋道具を扱う店に来たのにはちょっとした訳があった。

ゲーム中に身に付けたスキルは、今のところ全部使えている。ならば、学校のテスト勉強などでイン率が低い時にやっていた『鍛冶屋』も出来るのではないだろうか。そう思い立ったのである。

この世界の武器は、やはり使うと劣化《れっか》する。刃こぼれもすれば、折れたり曲がったりもする。

そうしたものを鍛《きた》え直したり、研《と》ぎ直せれば、まあちょっと便利かなと思ったのだ。

結局、砥石《といし》や工具類一式。紐《ひも》、針金、革などの原材料。針や糸を大量に買い、アイテムガジェットに放り込んでおいた。

「それはどれくらい収納できるのですか？」

アルノルはその光景を見て、またうらやましそうに尋ねてきた。

「さあ……限界まで試したことがないんで、わからないです」

シュウは答えた。

アルノルの見たところ、道具屋や本屋で買ったものは、すでに優に物置二部屋以上の大荷物になっているはずだった。いくら魔具に収めたと言っても、生半可《なまはんか》な重さではないはずだ。

だが、本当に理屈がわからないシュウは、聞かれても答えようがないのであった。

「後は、日用品や旅の道具が欲しいんですが、それはサラたちと合流してからでいいですね。アルノルさん、馬車って買えますか？」

「もちろん。私でよければ、よい馬を見繕《みつくろ》いましょう。馬車自体は、中古であればすぐに手に入ります。どのような馬車をお望みですか？」

「商人ではないので、荷馬車は必要ありません。どれだけ値が張ってもよいので、寝泊まり出来る馬車と、それを引ける馬が欲しいです」

「となると、旅芸人が使っているような馬車がよいのでしょうね。わかりました」

とにした。

「馬と馬車はこちらで探しておきます」とアルノルが言うので、シュウは好意に甘えることにした。

荷物はアイテムガジェットに収納してしまえばいいので、馬車は寝泊まりが出来て、雨露をしのげたら充分だ。

あまり野宿はしたくないが、万が一、ということは想定しておくべきだろう。

一方のサラは、かなり服を買い込んでいた。

既製品《きせいひん》を季節に応じて何着も買い、さらにさまざまなドレス類を、オーダーメイドで注文したらしい。

ついでにシュウの分もということで、合流後シュウも採寸《さいすん》をされた。

服自体はもうサラとメイドさんで必要なデザインを伝えてあるらしく、採寸のみで解放されたのはありがたかった。

服装にあまり興味のないシュウは、ファッションショッピングは苦手なのである。

その後、サラがどうしても見たいという「魔法」の店に行った。

ゲーム世界では、魔法は固有のジョブスキルで自然に覚えるものと、呪文を購入して覚えられるものがあった。

そこで、「もしかしたら魔術書を買って学べば、使える呪文が増やせるかもしれない」

とサラは考えたのだ。

先の戦闘でシュウが敵の魔法攻撃によって傷付けられたのを、サラは重く受け止めていた。

シュウは魔法が使えない。であれば、魔法を使える自分が、シュウの分も魔法を自在に扱う必要がある。

聖騎士《ホーリー・ナイト》として、物理攻撃の他にプリースト系の回復魔法・防御魔法が得意なサラだったが、可能であれば攻撃魔法も覚えようと考えていたのである。

魔術書はゲームのそれと違い、マスター後に使い捨てる消費アイテムではないようだった。

だとしたら、二人分でも各一冊ずつで事足りるだろう。

サラは店主に、店内にあるすべての魔術書を一冊ずつ欲しいと告げた。

サラとシュウ以外の一同は驚いた。そんなことをすれば、むろん金額はすさまじいことになるが、量も半端なものでは済まない。

だが、アイテムガジェットがあるから大丈夫だろう、とサラは思っていた。

魔術書は基本的に高額だ。その理由は、もちろん希少性《きしょうせい》や利幅の面もあるのだが、根本は、すべてが手書きによる模写《もしゃ》だからだ。

文字の模写はまだ根気だけで為《な》し得るが、図の模写は、才能と時間と労力を要求される。さらに、高度な魔術の場合はプレミアムも付き、そもそも写本が少ない魔法体系の場合、一冊で豪邸《ごうてい》が買えるようなものまで存在する。

サラが買いあさった魔術書は結局約三百五十冊、およそ金貨千八百枚にも及ぶ量になった。

サラはアイテムガジェットから無造作に大量の金貨を取り出し、山積みの魔術書を淡々とアイテムガジェットに放り込むと、ついに全部収納しきってしまった。

ここでも魔法屋の店主から激しい質問攻《ぜ》めにあったが、シュウが前と同じ説明をして煙《けむ》に巻いておいた。

服の仕立てには全部で十日ほどかかるらしい。

その間にシュウとサラは手分けして、野宿の際に必要となる調理器具や調味料、保存食料、中古で買った馬車の修繕、馬車の内装や寝具の購入などの準備を粛々《しゅくしゅく》とこなしていった。

調理器具や家財道具はすべてアイテムガジェットに放り込んだので、見た目ほど馬への負担は厳しくなさそうだったが、そうは言っても、馬車自体がけっこうな重量になる。

そこでアルノルは、頑丈そうな重種馬《じゅうしゅば》を二頭選び出していた。

騎士が乗っている馬は軽種《けいしゅ》と呼ばれる馬で、五百キログらいの体重が平均的だが、重種馬は一トンを超えるような大型馬になる。力は強いが足はさほど速くない。

すべての準備は三日ほどで整ってしまったので、結局服の仕立て上がり待ちとなってしまった。

その間二人は、馬の馴《な》らしを行ったり、本や魔術書を読んだりして過ごした。

馬は、アルノルの紹介で雇った馬丁《ばてい》が驚くほど、二人によく懐《なつ》いた。特にシュウへの懐き方は、馬丁がその才に嫉妬《しっと》を感じるほどだった。

数日して、ガイラスとグレイズの商隊が王都に到着した。

王都に着いてからサラとシュウの噂でもちきりだったので、二人は取るものもとりあえず駆けつけてくれたらしい。

「まあ、悪いことになってなくて安心したぜ」

四日ぶりにあうガイラスは、苦笑しながらサラとシュウに握手を求めた。

「いろいろな噂が駆けめぐってますね」

グレイズも笑いながら応じる。

魔物退治や王からの褒賞もそうだが、やはり一番の話題は、サラによる魔術書の「大人買い」だった。

まとめて千八百枚もの金貨を支払ったサラは、その容姿も相《あい》まって「どこかの王族のお忍びではないか？」と噂されていた。

となれば、シュウはお付きの従者である。

その話をガイラスとグレイズが面白おかしくするので、サラはずいぶんご機嫌になり、反対にシュウはちょっと落ち込んでいた。

シュウのしおれ具合がおかしくて、囲む三人はますます喜ぶ。

「せめて、姫の騎士とかならまだいいけどなあ」

シュウは嘆《なげ》くが、やはり格好がどう見ても騎士ではないため、異国の従者にしか見えない。

本人たちは気付いていないが、実は、口の達者なシュウがいつも交渉《こうしょう》ごとや雑談に応じていることも、シュウが従者だと見られている原因であった。

お姫様は微笑むだけで無口なもの、なのである。

「でも、シュウ君が従者だったらわたくし、道ならぬ恋の逃避行《とうひこう》もよろしくてよ？」

「こいつはごちそうさまだ」

サラが芝居《しばい》じみた軽口で冷やかし、ガイラスがそれを受けて大笑いする。

やれやれという表情のシュウを見て、さらに三人は盛り上がったのだった。

ガイラスとグレイズは、その後三日ほどしてレリウに向けて旅立っていった。

帰りも荷の多くなる一行のため、レリウまでの護衛を探すガイラスや、レリウや途中の街で仕入れた荷物を売りさばき、帰りの便で必要になる日用品の仕入れに奔走《ほんそう》するグレイズ。シュウは彼らにずっと付いて回っていた。

商人同士の生々しい言葉による戦いは、シュウには大変学ぶところが多かった。

別れの日、ガイラスはいつものように磊落《らいらく》にシュウとサラに別れを告げたが、グレイズは目を真っ赤に腫《は》らし、別れを惜しんでくれた。

「いつかまた、こちらに立ち寄ることがありましたら、是非《ぜひ》私たちを訪ねてください」

グレイズは二人の手を取ると、名残《なごり》惜しそうに馬車に戻っていった。

「……いい人たちだったね、シュウ君」

見送る馬車が人込みに紛れた後、サラはそう言った。

服の納品も済み、食料品の買い出しも終わると、サラとシュウは最後の挨拶に王城に出向いた。

騎士団の控え室にアルノルを訪ねると、彼もまた、旅立つ二人に別れの言葉をかけてくれた。

しばらくすると、わざわざ王もお忍びで出向いてくれた。

「これが約束の手形だ。友好国ではそなたらを護る術《すべ》となるであろう」

手のひら大の頑丈な鉄板に純金のメッキが施された、非常に贅沢な手形だった。

そこには、

ノイスバイン王である
エガルド・サリガル・アデラル・ノイスバインは
以下の両名の友に対し
身分を個人的に保証する
サラ・ヨハンセン・トミナガ
シュウ・タノナカ
その要があれば随時
ノイスバインに照会を許す
貴国における両名への配慮を求める

と記され、その下には王のサインの打刻《だこく》と、王家の紋章《もんしょう》のレリーフが彫《ほ》り込まれている。

貴族でもなんでもない二人にとっては、この贈り物がどれほど自分たちを護るのか計り知れなかった。

「ありがとうございます。このご恩は忘れません」

二人は、初めて会った時と同じように、王に立礼した。


シュウたちが去った後、アルノルはふと、王に漏らした。

「惜しいですね。この国に留まってくれれば」

「詮《せん》なきことよ。お前を破《やぶ》ったあの少女だけであったなら、あるいは予の臣下に加わったやも知れぬが……」

王は騎士団の控え室から立ち去りながら、アルノルに言った。

「あの少年は英雄の風がある。到底、予では扱えまいよ」

だからこそ、エガルド王は『友』などという、国王が使うには大それた呼称で二人を遇《ぐう》したのだ。

3

シュウが買い込んだ地図で、二人はやっと自分たちの現在位置を把握した。

いわゆるゲーム開始直後の起点になる『始まりの街』レオナレルは、この大陸――レジナレスのほぼ中心にある。

同じギルドではあったが、シュウはそこから南西に、サラはそこから北西方向にミッションイベントをこなしつつ進んだため、南東にあるノイスバイン王国については、ほぼ名前さえ知らない状態だった。

とりあえず二人は、旅の目的地をレオナレルに定め、馬車を進めることにした。

王都から西に四日、小都市サスデオまでは毎日宿に泊まれる順調な旅で、観光気分で旅路を楽しんでいたのだが。

――ああ、ナビシステムが欲しい。

サスデオから旧街道を北上し、次の村で一泊と考えていた二人は、どうやら道を間違えたのではないかという状況に置かれていた。

なにせ未舗装《みほそう》の道には雑草が生え、どうやらもう数年は人が通っていないのではないかと思われる風景になってきたのだ。

ここから引き返しても、サスデオに着くまでには日が暮れてしまいそうだ。

ならばもう少しだけ進んでみて、ダメだったら野宿しよう。

二人はそう話し合い、人気《ひとけ》のない荒れ道をさらに北上して行った。

目の前にその村が見えてきたのは、もうすっかり日も暮れて、空にわずかに青紫《あおむらさき》の光が残るほどの時間だった。

「廃村《はいそん》かな？」

「……廃村ね」

村には全く明かりが見えない。

いっそまだ草原の方がマシだろうというくらいに、無人の荒れた廃村というのは、精神的に参るものがある。

「しょうがないから、今日はここで一泊しようか？」

シュウはそう言うと、サラは男がグッときてしまう瞳で、恨《うら》めしそうにシュウを見つめた。

上目遣《うわめづか》いで、きらきら光る瞳を向けられ一瞬悩むシュウ。しかし結局、そろそろ馬を休ませてあげないと、と判断した。

いずれにしても、この状態で動き回る方がよほど危険だとも思う。

「では、ここを今日のキャンプ地としまーす」

シュウは、言い切って馬車を停めた。

村の中心は石畳《いしだたみ》になっていて、今は枯《か》れているが、昔はここに共同の水道があったことを窺わせる遺構《いこう》が残っている。

建物の荒れ方からしたら、すでに数年間は無人になっているのではないか。

シュウはカンテラをアイテムガジェットから取り出し、ちょっと見て回ろうかとサラを誘ったが、「いや！　ぜったい、いや！」と強い口調で拒否された。

馬車の中は明るいし、春真《ま》っ盛《さか》りの今の季節は気候的にも過ごしやすいので、とりあえず、王都で買った結界の魔法石で馬車を包み、シュウ一人で付近を散策することにした。

シュウは、馬小屋があったらいいなと考えているのだ。

馬という動物は大食いだ。草食ということもあるのだが、やはり大柄な肉体を維持するために、大量の飼い葉と水を必要とするとグレイズから聞いた。

今までは、宿の下働きにチップを与えることでずいぶん楽をさせてもらってきたが、旅路では自分で何とかしなくてはならないのだ。

付近をいろいろ見て回ると、元は宿屋だったらしい建物の裏手に、干し草が残った馬小屋があるのを発見した。

シュウはその干し草を一抱《ひとかか》えすると、アイテムガジェットに放り込んで馬車に戻ることにした。

——それにしても、なぜここは廃村になったのだろう。

見た感じ、どの建物も古いし荒れてはいるが、火事や災害といった原因で破壊されているとは思えない。

人為的《じんいてき》に壊された跡もないので、おそらく住民は、一斉にこの村を離れたのだろう。

考え事をしながら馬車に戻ったので、うっかり結界石の解除を忘れてしまった。激しい警戒音に驚き慌てて結界を解くと、シュウはおそるおそる馬車を振り返る。

半べそをかいているサラが、泣きながら怒っていた。

「バカッ！」

「……ごめん。でもサラ、何がそんなに怖いの？　お化けとかそっち系？」

さらはびくっと肩をふるわせた。図星《ずぼし》か。

「サラは聖騎士《ホーリー・ナイト》でしょ？　聖属性魔法とか解呪《ディスペル》の魔法を使えるんじゃないの？」

「それはそうだけど……トラウマなのよ」

かつてのゲームには、グロ・恐怖表現について厳しい規制があったのだが、VR-MMOではやはり若干、そうした表現が含まれる。

スケルトンやゾンビ、ゴーストにリッチなど、死霊や死体そのもののモンスターも数多く存在する。きっとそのあたりが苦手なんだろうな。

「でも、お化け系が出たら僕は全く役に立たないよ？」

聖騎士《ホーリー・ナイト》のサラと違いシュウはサムライクラスなので、修得しているのは剣士系スキルばかりである。まあ、退魔系の剣技もあるにはあるのだが。

アイテムガジェットから干し草を出し、馬の前に山積みする。

飼《か》い葉桶《ばおけ》に水を入れたいのだが、水路が枯れていて、どうしたらいいかわからない。

そういえばいくつか井戸もあったようだが、こんな状態の村の井戸など、怖くて使いたくない。

「サラ、魔法で水とか出せない？」

「出来なくもないかも……ちょっと待って」

ゲームで身に付けている呪文は、戦闘時に使うものばかりだった。

サラはアイテムガジェットの中の、魔法ライブラリとでもいうべき量の魔術書から、初級魔術の本を引っ張り出し、単に水を出す《エンウォータ》という呪文を読み始めた。

シュウは、枯れた水路に飼い葉桶を二つ用意し、サラの呪文を待っている。

「よし、じゃあやってみるね！」

サラがもにょもにょと呪文を唱える。

どばー。

ふくらはぎあたりまで溢れた水で、シュウは下半身水浸《みずびた》しの目に遭《あ》っていた。

「もう少し、加減を覚えようか？」

「うー、ごめんなさい……」

とりあえず二個の飼い葉桶に水をなみなみと入れ、馬の前に置く。

シュウはびしょ濡《ぬ》れになった靴とズボンを履き替えると、脱いだものは簡単にすすいで、馬車の後部の壁に干しておいた。

最近シュウは、王都で買いそろえた普段着をよく着ている。

サムライの装備である羽織袴はこの辺では目立つし、けっこう洗うのに気を使うので、何着か普段着を買い込んでおいたのだ。

やはりシャツにズボンの方が楽だというのもあって、もうすっかり見た目はサラの従者である。

「シュウ君、魔法を覚える気はないの？」

馬車の中で食事をしてると、サラが不意にそんなことを言い出した。

「ない訳じゃないけど、もともと、パラも全く振ってないからねえ」

実際は、キャラレベルも高いしスキルレベルでも自然と魔力値は上がるので、素養がないわけでもない。ただ、シュウはステータスポイントを敏捷性《DEX》や力《STR》に振るのが好きだったので、あまり魔法については考えたことがなかった。

戦闘はギルドのメンバーと共同して行うことが多かったので、あまり必要がなかったということもある。

「でも、せっかくだから少し覚えた方がいいよね」

強力な回復・防御・解呪などの僧侶《プリースト》系スキルをサラが持っているとはいえ、現状たった二人の旅だ。最低限のものは覚えておきたいとシュウは思った。

「じゃあ魔術書、時々貸してね。勉強してみる」

とりあえずは、回復系と《レジスト》なんかの防御系かな。あ、《エンウォータ》やただの《ファイア》とかも便利そうだ。

食事が終わり休み支度をしている時、村の南側からいやな気配が近付いてくることにシュウは気付いた。

馬が時折鼻を鳴らしていたからだ。村の外の草原で、ざわざわと何かがうごめいている。

「サラ、夜襲《やしゅう》されるかも」

サラは気が付いていなかったのか、何か口走りそうになったので、シッと口に指を当ててシュウが続けた。

「感じではゴブリンっぽいけど、暗くてなんとも言えない」

先ほどまで月が出ていたのだが、どうやら雲に覆われてしまったのか。今は、馬車の窓から漏れる光の届く範囲がうっすら明るいだけだ。

「サラは馬を守ってくれる？　もし攻めてきたら僕が一人で対処する」

シュウは外していた装飾品を身に着け、使い慣れた刀を用意して、馬車から静かに降りる。そして、気配のした南側に回り込んだ。

サラもスカートの普段着から白銀のプレートアーマーに着替え、ドラゴンスレイヤーを腰に佩《は》いて、そっと馬車前部の扉から御者台に移る。

南側の村外れから、何かが動き出した物音がはっきりと聞こえてきた。

シュウは炎の魔力石を取り出し、南の道沿いに投げつけ、爆発させる。急激に明るくなった周囲に、敵の姿が浮かび上がった。

「オーガだ！」

シュウはサラに届く声量で伝えた。

この村が廃村になった理由はわかった。オーガが巣を作ったのだろう。

ゲームでは比較的序盤に巡り会うオーガだが、小型のゴブリンに比べると強さは比べ物にならない。魔法は使わないものの二メートルを超える巨体に強い筋力を持ち、武器も重量級のアックスや棍棒《こんぼう》、時には人から奪った槍やモーニングスターなどを使ってくる。一撃をこちらが食らえば危険な、やっかいな存在だ。

夜目《よめ》が利くのか、この暗闇の中で明かりを持たずに集結していた。

一瞬の光で見えたのは五体。だが仲間が呼ばれていれば、どのくらい群がってくるかわからない。

シュウは刀を抜いた。

よし、とりあえずアレは全滅させておこう。

オーガたちは、一瞬激しく燃え上がった炎で、暗闇に慣れていた目を潰されていた。

再び目が利くようになった時、目の前に獲物が抜刀《ばっとう》して立っているのに気付く。先頭のオーガは、その瞬間に首を切られていた。

殺気に反応して一気に散開したのは、オーガにしては出来すぎだ。こいつらはたぶん、人を襲い慣れている。

向かって右手に動いたオーガをシュウは狙った。

相手の気配はわかるが正確な居場所が判断しづらい。

とにかく、一撃でも食らえばこっちの命が危ない相手だ。間合いぎりぎりで、シュウは二匹目のオーガの足を狙う。

「グオー!」

痛みのために奇声を上げるオーガがしゃがんだところで、こいつも首を刎《は》ね上げた。

問題はここからだ。暗すぎてシュウにはあまりにも不利。

さらに二つ、炎の魔法石を取り出し、オーガたちがいると思われる場所に投げてみる。

一つは思惑通りオーガに当たって燃え上がる。

だがもう一つは、何もない土の上に落ちて炎を発した。

——後ろ!

棍棒を振りかざし、今まさにシュウを殴ろうとしていたオーガを、下から切り上げる。

太った腹の皮を左下から切り裂かれたオーガは、はらわたを噴き出しながら崩れ落ちた。

悪いが止《とど》めは刺してやれない。

火を消そうともがく一匹を除き、おそらくどこかにもう一匹。

居所がつかめない。シュウは、初めてに近い恐怖の冷や汗を全身に感じていた。

どうする？　家を燃やすか？　とにかく明かりが欲しい。せめて、後わずかでも目が利けば。

ジャリ。足音が聞こえた。

一息ではシュウに届かない間合いだ。助かった。

シュウはその瞬間一気に加速し、ひどい火傷《やけど》を負っているオーガを左肩から斬り裂き、アイテムガジェットから一本の槍を取り出した。

斬馬刀は鞘から抜く間がないので使えない。

生死を分けたのは、月にかかっていた雲が途切れたことだった。

残り一体のオーガに思ったより間合いを詰められていることを悟ったシュウは、とっさに右手の刀を敵に投げつけた。

オーガの右手に刀が突き刺さるが、死にものぐるいの敵は、なりふり構わず棍棒を左手に持ち替えシュウに迫る。

棍棒の長さと槍の長さ、ほんの三十センチの違いが勝負を分けた。

オーガの棍棒はシュウの鼻先をかすめて外れた。

シュウの槍はオーガの心臓を貫いていた。

ほっとしたのもつかの間、道沿いに、たいまつを持つ何者かが近付いてくるのが見えた。

二十は軽くいそうだ。残念ながら、こちらの援軍ではないだろう。

シュウは斬馬刀を取り出し、鞘から抜くと、その鞘を収納する。

やむを得ない。月が晴れている今を逃せば、もうあの数のオーガには勝ち目がないかもしれない。

馬車に近付かせれば、敵に広い場所を与え、こちらは守るべき弱みが増える。

ならば、このまま突撃するしかない。

斬馬刀を右下段に構え、シュウは一気に走り出す。

オーガたちもそれを察し、縦長に歩いていた列を崩し、取り囲もうと散開していく。

最初の一閃で目の前の五匹のオーガを斬った手応《てごた》えがある。

だが、まだ残りは十匹以上いるだろう。

右足を引き、もう一度右下段に刀を戻す。

左後ろに散ったオーガが、シュウに向かって棍棒を投げつけた。

避けきれず、シュウは左肩から背中にかけて手ひどい衝撃を食らった。殴られるよりいくらかマシだが、呼吸が止まるほどのダメージをうけ、シュウは一瞬前のめりにふらつく。

その隙を突こうと、一斉にオーガが襲いかかってきた。

「おおおっ！」

周囲を揺るがすほどに激しい気合いがシュウの喉《のど》を震わせた。

その瞬間、萎えかけていた全身の筋肉が力を取り戻す。

不自然な姿勢から力任せに繰り出す斬馬刀の一閃。

さらに、背後に回ってシュウに棍棒を投げつけたオーガに対し、斬馬刀で突きを繰り出す。腹に切っ先が食い込んだ瞬間に刀をこじる。肉をえぐる感触が手に伝わったところで、刀の重さを活かして一気に斬り下げる。

「ギュオーッ！」

苦悶《くもん》の叫び声がオーガから上がった。

残りは五匹。

修羅《しゅら》のような形相《ぎょうそう》のシュウは、自らの痛みを超える興奮で体を動かす。肉体の限界に近い運動を全身に強《し》いる。

数歩でオーガの間合いに入り、斬馬刀の一振りで二匹の巨体を斬り捨てる。

右から左に振り抜いた際の隙を突こうと、槍を振り下ろすオーガ。

シュウはそれに対応するため斬馬刀を捨て、脇差を抜き、オーガの槍を紙一重でかわす。

そのまま左に流れながら居並ぶオーガの腹を裂いていく。

そこで振り返り、脇差を最後のオーガに投げつけた。それがオーガの腹に突き刺さる。

間髪《かんはつ》入れずにアイテムガジェットからまた一本、槍を取り出し、オーガの首を閃光《せんこう》のごとき速さで貫く。シュウが得意とするスキルの一つ《クラック・スピア》だ。

そのまま槍を放すと、最後のオーガはそのまま硬直し後ろに倒れた。

くそ、身動きが出来ない――。

少し力を入れただけで、激しい痛みが背中を走った。

まだうめき声を漏らすオーガがいる。止《とど》めを刺したいのだが、もはや体が動かない。

シュウは膝を突いた。

大きな月が完全に姿を現した。

その時、南に延びる荒れ果てた街道に、強大な気をまとった何かが現れるのをシュウは悟った。

ゆっくりとした足取りで近付いてくる巨大な獣。月光にきらめく銀の体毛。

「銀……魔狼」

四つ足の状態でも、シュウの身長の二倍ほどもあろうか。酷薄《こくはく》な殺気をまとって、ゆっくり、シュウに近寄ってくる。

銀魔狼――他者の命で生き長らえる、間違いなく食物連鎖《しょくもつれんさ》の頂点に君臨《くんりん》する魔獣。

レジナレス・ワールドでは、特殊ボス扱いだったろうか？　存在は知られていたが、攻略はされていなかった伝説の化け物《モンスター》が今、シュウの目の前にいる。

　こちらへ歩きながら、好奇心に満ちた恐ろしく賢そうな双眸《そうぼう》を、シュウに向けて光らせる。

　黄金色の瞳はわずかな光を受けて、闇の中でグリーンゴールドに輝く。

　ただ歩いているだけでも溢れ出るような殺気は、その歩みの美しさと合わせて、一切無駄のない華麗な狩猟者であることの裏付けに感じられた。

　姿を隠し、相手をだまして命を奪う必要など何もない、王者の矜持《きょうじ》。

　ほんの一瞬体を沈め、銀魔狼は跳躍した。

　――ああ、食われるのかな？

　シュウは静かにその光景を見ていた。

　ガフッ！

　銀魔狼に首を噛《か》まれたそれは、断末魔《だんまつま》の叫びを上げることさえ許されなかった。

　頭を食いちぎられ、見苦しくはいずり回っていたオーガは、一度肉体を痙攣《けいれん》させて動きを止めた。

　ペッ。

　銀魔狼は、不機嫌そうに噛みちぎった頭を吐き出す。

そして、そこにいる黒髪の少年を見下ろした。

ゆっくりと口を開く巨大な狼。

『坊や。詰めが甘いの』

銀魔狼はシュウの襟首《えりくび》をくわえて、そのまま持ち上げた。無理矢理つるされたことで、シュウの顔が再び激痛にゆがむ。

そのままゆっくり、シュウをくわえたままの銀魔狼が、村の中へ入っていく。

その光景を、呆然としながらサラが見つめている。

銀魔狼はそっとシュウを地面に下ろすと、サラに向かって言い放った。

『小娘、何をしておる。さっさと坊やを癒《いや》さぬか』

「……！」

サラは、硬直から解き放たれたようにシュウの元に走り寄り、《ヒール》をかけた。そして、ちらっと銀魔狼に視線を移す。

一瞬その巨体が揺らいだかと思った瞬間、目の前に、唐突に全裸の美女が現れた。

長く美しい銀色の髪が、月の光を受けて美しく輝く。長さは優に膝まではあるだろう。

癖《くせ》のない細くまっすぐ伸びた、まるで金属のような美しさだ。

抜けるように白い肌の体は、完璧に整った魔性のプロポーションをしている。背丈《せたけ》はサ

ラよりほんの少し低い。だが、恐ろしいほどの威圧感が全身から湧き上がっていた。

そして、その瞳は美しい黄金の輝きを放つ。間違いない、銀魔狼だ。

「小娘、我に服を貸すがいい――何をしておる？」

気圧《けお》されたサラがアイテムガジェットから取り出した服を、銀魔狼は当たり前のように受け取り、慣れた手つきで身に着けていく。

おそらく人に化けるのは初めてではないのだろう。サラはそう思った。


「坊や、気が付いたか」

「……あなたは？」

サラがシュウの身を起こすのを手伝う。

「お前らが銀魔狼と呼ぶ狼よ」

銀魔狼は愉快《ゆかい》そうに喉を鳴らす。絶世の美女でありながら、その仕草《しぐさ》は明らかに、肉食獣そのままだ。

「助けてくれてありがとう。僕はシュウ。こっちはサラ」

「お前らなんぞ、坊やと小娘で充分だわ」

「は、はあ……」

「お前のせいでオーガの頭なぞ口に入れてしまった。口直しをよこせ」

銀魔狼は唐突に言い出す。

もともと宿屋に泊まるつもりだった二人は、今日は干し肉くらいしか持ち合わせがなかったが、彼女が意外に喜んで食べるので、つい持ち合わせをすべて献上《けんじょう》してしまった。

「ところで、名前を教えてくれませんか？」

シュウは狼に聞いてみた。

「名などないわ。だが、坊やが我に名を付けたいと言うのなら、もらってやってもよいぞ」

「そう言われても……うーん、じゃあジルベルとか？」

「ジルベルか、どういう意味だ？」

「えー……銀色って意味です」

「よかろう。その名をもらってやる」

銀魔狼――ジルベルはそう言うと、シュウの右腕を取り、おもむろに噛み付いた。

そして、そこから流れ出る血を啜《すす》り飲み、口を離した。

さらに自分の右腕をシュウの前に差し出す。

「さあ、飲め」

「は？」

　ジルベルは右手を一度引っ込めると、自分で二の腕を噛んだ。プクリと血の玉が浮かび出て、一筋、ツーッと流れ落ちる。

「さあ、飲め」

　よくわからないが、仕方なくシュウはその血をほんの少し、舌で舐《な》め取った。

「先ほどの闘気、未熟者の小僧なれど見事であった、坊や。我のつがいと認めよう」

「は？　つがい？」

「ちょっと！　何勝手なことを言ってるんですか！」

　呆然とこのやりとりを見ていたサラが、二人の間に割って入った。

「私はそんなの認めません！」

「なんだ小娘、今見ていたであろう？　坊やは我に名を与え、我が血を啜《すす》り、我に血を与えた。つがいの成立であろう」

「説明もしないで、無理矢理やらせたんじゃないですか！」

「では聞くが、小娘に何か迷惑でもかけるのか？」

「……‼」

　サラは、本質を突いた逆《さか》ねじを自然に食わされて、言葉を呑んでしまった。

「ではよいではないか、なあ、坊や。いや、我がつがいとなったからには、坊やはまずかろう。シュウと呼んでやるゆえ、我に相応《ふさわ》しいオスとなれ」

「は、はあ。頑張ります……」

「なんでシュウ君も受け入れちゃってるのよ！　そこは否定するところでしょ!?」

がばっ。サラはシュウの頭を抱きかかえ、ジルベルに高らかに宣言した。

「シュ、シュウ君は私のものなんだから！」

しばしの沈黙が三人の間に流れた。

二人の女性の間に流れる激しい殺気に当てられて、シュウはすっかり固まってしまっている。

「小娘」

「……何よ？」

「本来我らは、つがいをオスとメスの一対一とするのが習《なら》わしだ」

「私たちもそうよ！」

「お前らはそうではあるまい。人の子は、優れたオスであればメスの群れを囲いたがろう」

確かにこの世界ではそうだろう。だが日本から来たサラにとっては、到底受け入れられない提案だった。

「ゆえに、小娘がシュウとつがいになりたいと言うのであれば、認めてやらないこともない」

「ふ、ふざけないで！」

「ふざけてなどおらん。小娘、威勢がよいのはけっこうだが、我が何者か忘れたのか？」

ジルベルはゆっくりと服を脱ぐ。

サラの普段着のワンピースを羽織《はお》っただけのジルベルは、全裸になると、すぐに力を解放させた。

目の前に巨大な銀狼が姿を現す。

「小娘、お前などその気になればいつでも食い殺せるのだ。だが、シュウとお前には確かな絆《きずな》があるようだ。であるなら我は、我らの有り様を曲げてでもお前を受け入れようと言っておる。気に入らぬのであれば、力の限り奪い合う以外になかろう」

激しい殺意がジルベルの体から溢れ出てきた。

サラも、ひどく暗い殺意をみなぎらせた目でジルベルを睨み返している。

「あのー」

そこで気の抜けた声を上げて、対峙《たいじ》する両者の中間にシュウが立つ。

「ちょっとお話が急すぎるので……まずは僕の話を聞いてもらってもいいでしょうか?」

シュウはそう言うと、ゆっくり両者を見つめた。

「お二人の気持ちはありがたく思います。サラにもジルベルさんにも助けられて、大きな恩があります。なので、二人が殺し合ってもらっては、本当に困ります」

シュウはジルベルを見る。

「まずは、出来ればもう一度人間の姿を取ってくれますか?」

次いで、サラに向かって「とりあえず、座って」と続けた。

ジルベルは再び人の姿になると、脱ぎ捨てたワンピースを着て、傍らに座った。

「まず、僕とジルベルさんが、知らなかったとはいえ、儀式をしたというのは事実……かな」

「うむ」

「サラと僕が、二人で助け合って、今日まで頑張ってきたのも事実」

「うん」

「サラが僕を、ええと、そういう意味で『好き』だというのは、今日まで知らなかった……いや、嬉しいよ?」

サラの眉が片方つり上がるのを見て、シュウは慌てて付け加える。

「ジルベルさんが僕を助けてくれたのが、そういう意味だとは知りませんでした。光栄です」

「うむ」

「それで……あの、とりあえず、サラ。もしつがいにならないといけないなら、二人とも、ということでどうかな?」

どうやらいけないらしい。サラの目は再び、怪しく光っている。

「じゃ、じゃあ、どちらともつがいにならない、というのは?」

今度はジルベルが冷たく微笑んだ。

「困ったな……そしたら二股男《ふたまたおとこ》の僕は、死ぬしかないね」

そこで、シュウがぽんっと手を叩く。

「あ、とりあえずしばらく三人で旅してみてはどうでしょうか?」

シュウは、いいこと思いついたという風に表情を崩した。

「あんまりいきなりな話なんで、ちょっと泡食《あわく》ったけど……よく考えたらまだ皆よく知り合っていないわけだよね。もしかしたら、サラとジルベルさんも仲良くなるかもしれない。まあとりあえず、つがいとかは隅《すみ》っこに置いておいて、一緒に旅をしてみない?」

「……」

「……」

「……」

「……」

「……よかろう」

三者三様の沈黙を破ったのはジルベルだった。

二人の視線に耐えかねて、サラもやむなく首肯《しゅこう》した。

「よかった。じゃあひとまずこの話は終わりでいいかな……僕も今日はちょっと限界です」

サラはやっと、シュウが大けがをしていたことを思い出して赤面したのだった。

翌朝までは何事もなく過ぎていった。しかし、シュウの状態は昨夜よりひどくなっていた。

筋肉痛や肉離れ、打ち身などは、当日より翌日の症状がひどくなることは珍しくない。

シュウの背中は棍棒によって殴られた跡ではっきり赤紫に腫《は》れ上がり、寝返りさえ打てないような状況になっていた。

ポーションを飲んでみたが、あまり芳《かんば》しくない。

サラはしばらく魔術書を読みふけっていたが、得心したように本を閉じ、シュウに向かって新しい魔法を唱え始める。《ハイ・ヒーリング》である。

するとみるみるうちに、変色した打ち身の部分は癒されて、健康な肌色を取り戻していく。

「……ありがとう、サラ。楽になった」

「今日はまだ寝てて？　御者は私がやるから」

サラはシュウをそっと寝かしつけると、扉を開けて御者台に座る。

その後ろにジルベルが付いて行ったのを見て、シュウは再び眠りに就いた。

「サラ。昨夜の我の態度は傲慢《ごうまん》であった。詫びよう」

ジルベルがそう言うと、サラは少し驚いた顔をしたが、「もういい」と呟いた。

「今のお前の治療を見て、我は感心したのだ。我ではシュウの痛みを除いてやれなんだ。お前がいて、よかった」

「私はあなたをまだ認められない。でも、あなたがいなかったら、シュウ君は今頃どうなっていたかわからない。だから私もあなたにお詫びします、ジルベル」

サラも小さく頭を下げた。

「でも、まだ納得いきません。私だけのものだったシュウ君を奪われるような気持ちは、どうしても抑えられません」

「昨夜も言ったが、我らの種族も本来オスとメスはひとつがいなのだ。お前の言い分はよくわかっておる」

ジルベルはうなずく。

「だが我もまた、シュウに魅《み》せられてしまったのだ。昨夜のアレの働きは、実に見事だった。あのオーガどもは、我が眷属《けんぞく》の巣穴を襲い、皆殺しにして、肉を食らい、挙句《あげく》の果てに奴らの住処《すみか》に毛皮を干しておった」

ジルベルは忌々《いまいま》しそうに続けた。

「我はあの日、奴らを皆殺しにすべくあの村まで出向いた。そこで、奴らを圧倒するシュウを見た。人間ゆえに、真っ暗闇で奴らを見失いながらも、見事な腕であった」

サラはただ黙って聞いている。

「シュウは多勢に無勢ゆえに手傷を負った。我はそこで助けに入ろうかと思った。だがアレは、すさまじい闘気を発し、自らの体の限界まで力を振り絞り、再びオーガどもを制圧していった。我は思わず、見惚れてしまっていた」

ジルベルがそこで、サラをじっと見た。

初めて見る、殺気のない、真剣なジルベルの表情にサラは息を呑んだ。

「息の根があったオーガが一匹、卑怯《ひきょう》にも音を隠して、シュウを殺そうと近付いておった。だから、我が助けた。助けねば死んでおった。助けたからにはシュウは我のものだ、そう思っておったが――お前がおらなんだら、アレは昨夜命を落としておったやもわからん。だから、我はお前を認めた。サラよ」

ジルベルはしばし返事を待つ。サラは何も応えなかった。

「それだけだ」

旅芸人用の馬車は、多量の道具や荷物を運ぶために、箱の柱が頑強で、屋根も太い梁《はり》が何本も渡してあった。人間なら五、六人が乗っても、抜けることがないほど丈夫に作られている。

ジルベルは、御者台からはしごを伝って馬車の屋根の上に登ると、そこで寝ころんで空を眺めた。

よき伴侶《はんりょ》を見つけたと思ったが……ままならぬものよ。

ジルベルはそのまま目をつぶり、つかの間の休息を取ることにした。

シュウが目をさましたのは、サスデオに馬車が着く手前だった。

日中ほぼ寝ていたことになる。

体が軽い。サラにかけてもらった《ハイ・ヒーリング》が傷を癒してくれたのだろう。

布団から起き上がり、体をひねってみる。どうやら肋骨《ろっこつ》にはダメージがなかったようだ。

シュウは馬車の前扉から御者台に出ると、「サラ、ありがとう。代わる」と声をかけた。

「うん……」

サラはずいぶん疲れているようだ。休みなしに走ってきたのだから当然かもしれない。

ジルベルは屋根の上にいる。僕に気を使ったのか、それとも馬車が窮屈《きゅうくつ》なのかな？

シュウはそんなことを考えながら、サスデオに向かって馬車を進めていった。


サスデオの街に着いた。

シュウたちはまず、例によって王国兵の詰め所に行き、北の廃村での一件を隊長に報告した。

シュウがジルベルから聞いておいた話を総合すると、まず廃坑跡《はいこうあと》に盗賊たちがたむろし始め、そこを狙ってオーガが攻め入り、そのまま居着いたらしい。

そのオーガが村を脅《おびや》かすようになったので、すでに鉱山も失い寂れた村に残っていた人たちは新たに西側に移住して、一から村を作り直した、ということのようだった。

それをそのまま隊長に伝えたうえで、昨日、知らずに廃村で野宿したこと、オーガに襲われ、これを殲滅《せんめつ》したことを伝えておいた。

さすがにライダンでの一件とその後の王からの触令《ふれ》は心得ているようで、殺したという二十五匹のオーガの数に驚いてはいたが、隊長は丁重に一行をもてなしたものだった。

シュウたちはとりあえず、今夜はサスデオで一泊。その後、ジルベルの服や保存食糧、塩漬け肉など、旅の人数が増えたために必要な買い出しを済ませ、再び北上の旅に出発した。

先日、なぜ廃村の方に出てしまったのかの謎はすぐに解けた。

「こちらだの」

どう見てもわき道にしか見えない分岐《ぶんき》で、ジルベルは左折するよう示した。

長年馬車が通った旧道は、道幅も広くしっかりした作りになっているのに対し、まだ二、三年しか経っていない新道は、通行量が少なく、本格的な道に見えないのだった。

サラに聞かれると怒られそうなので口には出さないが、シュウにとっては、ジルベルと出会えたというだけで、死ぬ思いをしたあの日には価値があったと思っている。

サラとジルベルは恋敵であると同時に、旅の仲間でもあるという難しい関係なのだが、シュウが寝込んでいる間に何かあったのか、表面上は波風を立てずに過ごしていた。

一体シュウのどこがジルベルのお気に召《め》したのか、シュウ自身にはさっぱりわからない。

だがまあ、あれほどの力を持った存在が仲間として同道してくれるのであれば、心強いことは間違いない。

後は、サラとジルベルが心から折り合いをつけてくれたらな、とシュウは思う。

女性との交際経験がないシュウにとって、この状況は青天の霹靂《へきれき》だった。

今まで見たこともないほどの怪しい魅力をたたえたジルベルと、幼なじみで美少女のサラ。サラに関しては、『お忍びの王女では』などと噂されるほど可愛いのは間違いない。

つまり一人の男として、どちらの女性も、もし共に生きることが出来れば幸福な一生と言える容姿と才能を持った人たちだと思う。

だが、シュウはそのどちらとも関係を深めるわけにはいかなかった。

シュウは健康な青少年である。性的な興味も人一倍あるし、これほどの女性に求愛されれば、普通であれば手に入れたいと願うはずだった。

シュウが曖昧に言葉を濁《にご》しながらも三人で一緒に行きたいのは、一歩間違えれば命を落としかねないこの世界で、不安が大きいという理由からだった。もちろん、それだけではないが。

自分を起点にした色恋沙汰《いろこいざた》で、どちらかを、あるいはどちらも失うという事態は、そのまま生き残る可能性の減少を意味しているのだ。

五日ほど北上したところで、ノイスバイン王国と隣国、ヒルゼルブルッツ王国の国境にたどり着いた。

国境にはそれぞれの国が管理する関所が砦のようにそびえていて、今はどうかわからないが、かつて波乱のあっただろう両国関係を窺わせる。

それぞれの関守《せきもり》にノイスバイン王から受け取った手形を見せると、効果は抜群《ばつぐん》だった。

書類作成や荷台の検分《けんぶん》などでなかなか通してもらえず、袖《そで》の下を渡してやっと通過している商人たちを尻目に、三人の馬車は最恵待遇《さいけいたいぐう》で通り抜けてしまった。

目指す『始まりの街』レオナレルまでは、関守によると、あと二十日ほどの道程《みちのり》らしい。

ヒルゼルブルッツに入って二日目の朝、関所から最初の宿屋街を出たあたりで、シュウたち一行は、不自然に距離を空《あ》けながら、ずっと付いてくる商隊の存在に気付いていた。

ヒルゼルブルッツの王都はここから南下した先にある。シュウたちは北のレオナレルに向かい、山沿いの小街道を行く。

後ろから付いてくる商隊は馬車四台。明らかに不自然だった。

昼に休憩を取った時、後ろから来る商隊のうち、三台はシュウたちの馬車を追い抜き、残り一台は、シュウたちからぎりぎり見えるあたりの後方で停まった。

今日は、あと四時間ほど進むとあるらしい農村に泊まる予定なので、ここでゆったりと休憩する。

やがて一息ついて出発した一行は、荒れ地に広がる三叉路《さんさろ》を、標識通り、今日の目的地アンセリ村に向けて右に進路を取った。

「さて、まあ思った通りの展開になったね……」

シュウはため息交じりに、サラとジルベルに言った。

「ずっと臭っておったからのう」

銀魔狼であるジルベルは、耳と鼻が桁外《けたはず》れに鋭い。朝方から付かず離れず一行を追ってきた人間たちの臭いを、ずっとかぎ分けていたのだ。

もちろん、奴らが話していた声もずっと前から聞こえていた。

そして前方では、シュウたちを待ち受けるようにして、三台の馬車が放射状に停められていた。

そこから男たちが、わらわらと二十人くらい降りてくる。

「よお、兄ちゃん。わかってると思うが、ここで死んでもらうぜ」

オーガを一回り小振りにしたような身なりの悪い男が、薄汚れた無精《ぶしょう》ひげの顔に、野卑《やひ》な笑いを浮かべている。

後ろの道でも、例の一台だけ遅れていた馬車が道を塞ぐように停まり、そちらからも六人ほどが、得物を手に降りてくるのが見えた。

実は、もう道行きの途中で、三人は対策について話し合っていた。

シュウとサラは、出来れば人間を殺すのだけは避けたかったが、ジルベルに一喝《いっかつ》されていた。

「お前ら、人間と魔獣、どう違うと言うのか？」

どちらだって命があるし、生きるために生きている。どちらも相違ない。害意があるのも変わらないし、自分や大事なものを守るために、相手を殺さねばならない事情は、全く同じだ。

ジルベルが言うのは概《おおむ》ねそういうことだった。それくらいサラにもシュウにもよくわかっている。

それがこの世界だ。

——いや。

サラやシュウがいたあの現代日本でも、実際はそうだったのではないか？

たとえば、知らないどこかで誰かが、自分たちの代わりに人間同士で殺し合ったり、護り合ったりしていたのではないか。

どちらにしても三人は、襲われたら容赦《ようしゃ》なく、殺すことも厭《いと》わない、そう確認してここまで来ていた。

サラもシュウも覚悟は出来ている。

これから人間を、殺す――。

ジルベルは「人間どもを殺すのに狼の姿など必要ない」と言っていた。しかも、武器も防具も必要ないらしい。

「この腕のみで充分よ」

ジルベルはニィッと、その美貌《びぼう》を残虐《ざんぎゃく》な笑みで崩した。

サラは、例の炎属性のロングボウを用意していた。

人間相手ではオーバーキルかもしれないなとシュウは思ったが、いっそ、その方がよいのかと考え直した。

シュウはいつもの通り、腰の二刀に斬馬刀だ。

山賊は完全にこの三人を舐めていた。

真ん中の王族にも見える女の得物は弓だった。これは、盾を持った数人で挟み込んで無力化したらいい。

あっちの銀髪の美人は丸腰だ。逃がさないように押さえ込めば事足りる。残る男は、防具も着けず、剣も見慣れぬ細い剣が二振りだ。長槍で三方向から刺せば楽に片が付くだろう。

そう値踏《ねぶ》みを終えていた。

山賊は奴隷攫《ひとさら》いでもあった。二人の女は、かつてないほど高く売れるだろう。馬車の中身もそこそこ期待が出来そうだ。

今自分たちの荷馬車の中に転がして積んでいる、山賊人生で最高の「お宝」と合わせ、この儲《もう》けで、もう俺は一生遊んで暮らせるわな。

山賊の頭《かしら》はそうほくそ笑んでいた。

「とりあえず、僕らに手出しするのをやめてみませんか？」

シュウは、無駄だとわかっている一言を口にした。

「命乞《ご》いかい？」

「ヒッヒッヒ」

どんな集団にも、こういう軽薄な口を叩く奴がいる。

そして、こういう奴に限って必ず、仲間の背中の後ろにいる。

「わかりました……」

シュウはため息をつくと、アイテムガジェットから、あらかじめ用意してあった斬馬刀を取り出し、三台の馬車から飛び出した山賊の前に立った。斬馬刀は右肩に峰を置く形で構える。

ジルベルは、後ろで通せんぼをしている六人に、気楽にとことこと近付いていく。

サラは、自分たちの馬を守るため、馬の前で弓を構える。

「すいません。手加減は出来ないんです……皆殺しになっても知りませんよ？」

「ほざけ、小僧！」

この集団で一番強そうと思える大男が、両刃剣を片手にこちらに走り出した。

その後ろから続けて、三人の男が長槍を持って従ってくる。

サラが弓で両刃剣の男の頭を射抜いた。

炎の爆発が収まった瞬間、男の頭部は爆散《ばくさん》し、首から大量の血が噴水《ふんすい》のように噴き出していた。

「まずい、あの女！」

山賊は、自分たちの見込みが甘かったことに気が付いた。あわてて総掛かりで包囲を狭《せば》めていく。

長槍の男たちは槍を水平に持ち、一気にシュウを突き殺そうと三方向から迫っていった。

山賊にしてはよく統率が取れている。元はどこかの軍に所属していたのかもしれない。

だが、肩に担いだ斬馬刀を流れるように右下段に遷《うつ》したシュウは、股を大きく割って、一気に左に薙いだ。

男たちの槍の上側を一閃した斬馬刀は、男たちの首、顔半分、そして肩から上を両断していていた。

想像を絶する酷《むご》たらしい仲間の死は、残虐な山賊たちをも恐怖に震え上がらせる。

その後ろから、顔色一つ変えずに、サラは弓を連射していく。

サラの矢は、鏃《やじり》が誰かに当たるたび、その部位が爆発して、人間の体に大きな穴を作っていった。

サラは自分から見て右手側から、一人一人、順々に、確実に仕留めていく。

矢を止めるべく彼女に向かって殺到してくる山賊たちは、その場から一歩も動かないシュウの、斬馬刀の銀色の旋風《せんぷう》が餌食《えじき》にしていく。

特に、射手を封《ふう》じようと全身盾を構えて迫ってきた三人の山賊は、強化した刀で広範囲を斬り裂くスキル《ダウン・ストライク》によって、まとめて盾ごと真っ二つにされた。

後方であっけにとられていた残りの連中は、石つぶてや弓矢を一斉にシュウに浴びせかける。

「《プロテクション・ウォール》！」

サラが一詠唱でシュウの前に、魔法の物理障壁を展開する。

シュウに向かってきたすべての矢・石は、その障壁に当たり、シュウの足下にパラパラと降り注いだ。

次の瞬間、シュウが一気に山賊の懐《ふところ》に走り込み、斬馬刀で、残らず命を刈り取った。

そして最後に、親玉の心臓を斬馬刀の切っ先で一突きし、九十度えぐって引き抜く。

「ば、け、も……」

親玉はシュウを睨みながらうめき、胸に開いた穴から三度ほど血を噴き出し、絶命した。

「僕からしたら、あんたらの方が人間じゃない」

シュウはどこか、言い訳じみた独り言を漏らす。

一方、ジルベルが無防備に六人の山賊に近付いたため、山賊は武器も手にせず、素手《すで》で確保しようと向かっていった。

ジルベルはその六人が周囲に集まるのを待って、ほんの一瞬で全員の首の骨を、両手で二人ずつ、握り潰し、折り曲げていった。

わずか数秒で、山賊が作った「通せんぼ」は壊滅したのだった。

山賊の馬車には、十人ほどの男女、わずかばかりの財宝や衣類が残されていた。

男女は下着も含めはぎ取られ、手足を縛られていたので、まずは全員の縛《いまし》めをほどき、服を着せる。

その中に一人、ひときわ美しく、この環境ですら肌に汚れ一つ浮かべていない長身の女性がシュウの目を引いた。

エルフ。その中でも精霊に近い、ハイエルフの女だった。

彼女らの種族は恐ろしく性欲が薄いと聞く。だからだろうか、全裸であることを全く意にも介さず、最後まで衣類を取りにも来ないで、一心にシュウを見つめている。

その様子を見たサラは、顔をしかめながら、その女に衣服を押し付けた。だが、衣類は手に取ったものの全く動く気配さえ見せず、相変わらず女はシュウから目を離さない。

サラのこめかみがひくつく。

どうやら、また一波乱起きそうな気配である。

とりあえず、当初の目的地だったアンセリ村に向けて一同は出発することにした。奴隷《どれい》として売られる直前で解放した者の中に、土地勘《とちかん》がある少女がいたのは助かった。

四台の馬車はひとまず持っていくことにする。自分たちの馬車はサラに任せ、一台をシュウが、残りは馬が扱える者に任せた。

サラの横に座った地元の少女に案内を頼み、日暮れにはなんとかアンセリに到着することが出来た。

村の若い衆に事情を話し、とりあえず今日の宿と食事、風呂を手配してもらう。

村に駐留している村役人は、助けた十人の宿泊対応について非常に苦々しい顔をしていたので、「彼らの費用は全部僕たちが見ますよ」と、シュウは村人に伝えた。

村人と村役人は、それで納得したようだ。

食事と入浴が終わると、元奴隷商品の一同は宿の一階に集められた。そこで、呼び出した村役人も含め、今後の対応を話し合う。

まず、シュウは馬車に残された金品の所有者の確認などを、村役人に依頼した。

そしてわずかばかりのお見舞いとして、手持ちで持っている銀貨をかき集め、助けた十人にそれぞれ一人あたり二十枚を手渡した。

元の生活に返るにせよなんにせよ、いずれにしても路銀が必要になるだろうからだ。

村役人には手形で自分たちの身分を明かし、北に旅するので、何かあれば連絡をしてくれと言い残した。

加えて、殺した山賊たちが身に着けていた装備や、懐の中身などには一切手を付けていないと、シュウはあえて言葉にした。

その瞬間の緩んだ表情から、村役人の奥底の人間性が垣間《かいま》見えた。

だがまあ、これで山賊の遺体の始末は任せても大丈夫だろう。

しばらくすると、山賊退治の帰りに道案内をしてくれた少女と連れ立って、小柄で頑丈そうな男がやってきた。

「私たちを召し抱えていただけませんか？」

二人は貴人に対する平民のように、片膝を突きシュウの前で頭を下げ、そう話し出した。

「いや……僕たちは見ての通り危ない旅をしてるし、今のところ自分たちのことは自分たちでやってますから」

さすがに冒険者じゃない者は、いざという時足手まといになりかねない。

だが、目に涙を溜めつつ必死に訴える二人の話を聞いていて、シュウは、これはやむを得ないかなとも感じていた。

二人は同じ村の出身で、こうした田舎ではよくあることだが、親族同士らしい。

その村は例の山賊に襲われてほとんどの者が殺され、村は略奪し尽くされた。売り物になりそうなこの二人は拉致《らち》され、結果として生き残ることが出来た。

しかし、今更《いまさら》村に帰っても生活の目途《めど》が立つわけでもなく、かといって、頼る当てなどどこにもない。

聞けば、他の者たちは皆旅人や商人だったらしく、ひとまず帰る場所はあるようだった。

「仕方ないですね、明日までにちょっと考えておきます。とにかく今夜はゆっくり休んでください」

とりあえずそう答えて、二人を部屋に帰した。

そして、最後の問題に取りかかった。

ハイエルフの女性、クリステルは、救出されてからずっとシュウの近くに居続けている。

話し合いが終わって一同が解散した後は、シュウの部屋を訪れて、今後のことについて話したいと言い出した。

シュウの部屋にはサラとジルベルが同室している。

まあ別に聞かれても困りはしないだろうと、クリステルを招き入れた。

うわ、この人も近くで見ると足が長いな。シュウは、胴長短足《どうながたんそく》の日本人である自分をちょっと残念に思った。

改めてクリステルに目をやれば、この女性もまた恐ろしく美人だ。

昼間は全裸だったこともあり極力見ないようにしていたので、儚《はかな》い印象しかなかった。

しかし改めて見ると、意外にも女性的で、なだらかな腰からヒップにかけてのラインも美

しい。サラほどではないが、歩くたびに揺れて自己主張する胸元も、薄着であることもあって、男の目を釘付《くぎづ》けにするだけの威力を誇っていた。

淡《あわ》いシャンパンゴールドの髪は、光に透《す》けると白く光り輝く。

耳は人のものよりほんの一回り大きい程度で、先端は尖《とが》っているが、さほど違いは感じない。

瞳の色は薄い灰色に近いシルバー。おそらく、色素《しきそ》の量が少ない一族なんだろうなとシュウは考えていた。

「すいません。こんな狭い部屋なんで、ベッドに座ってもらってもいいですか?」

一応四人部屋なのだが、無理にダブルベッドを二つ置いたような構造の部屋なので、とにかく狭い。シュウの横にサラが座り、ジルベルの横にクリステルが座って対面したが、この四人の間を人が通り抜けるのは難しいくらいだった。

「……それで、お話とは一体、どんな内容なんですか?」

シュウが切り出すと、クリステルは、初めてふっと恥じらうような表情を浮かべて、シュウだけを見つめて言った。

「わたくしを、シュウさまの側妻《そばめ》としていただきたく、お願いにうかがいました」

ああ……やっぱりこういう話になったか。

シュウは向かいに座るジルベルを見た。

ジルベルはおおかた予想が付いていたのだろう。人の悪い笑みをサラに向けて、ニヤニヤ笑っていた。

今度はそっとサラを盗み見る。

表情の抜け落ちたような冷たい顔をしているが、瞳だけは強くクリステルに向けている。

クリステルは、そんなサラを一顧《いっこ》だにせず、嫣然《えんぜん》と柔らかな微笑みに羞恥《しゅうち》を含ませながら、シュウを見据《みす》えていた。

人生で集中してモテる時期がある、という話を聞いたことがある。

これまでの十八年の人生で、ほとんどモテたことのないシュウ。最近のこの状況に、もはや自分のことではないような劇場感というか、リアリティのない感覚を覚えていた。

「お断りします」

シュウは即断した。

「それは私が他種族だからでしょうか？　それとも、何か不都合でもございますでしょうか？」

断られても全く意に介していない様子で、クリステルはさらりと返す。

「いいえ。僕の問題なんです。まず僕は現在《いま》、この二人の女性から告白されていて、それを保留させてもらってる状態です。これ以上相手を増やすことは出来ません」

「わたくしは、妻にしていただきたいとは申し上げておりません。あくまで、側妻の一人としていただきたいとお願いいたしております」

「お、同じことです。サラは、なんと言うか、一対一の関係を望んでいますから……」

「ジルベルさまは違うのですか？」

「我はまあ、人の子らの性《さが》というか、強いオスがメスを囲うのを知っておるからの」

「まあ！　それではわたくしも、ジルベルさまに賛同いたします」

「……なんであなたたちはそうなの⁉」

サラは思わず声を荒《あら》らげた。

「むしろ我も聞きたい。サラよ、なぜお前はシュウを一人のモノにしたがるのかの？」

「それが男女の当たり前の姿だからでしょ！　あなたの種族でもそうだって言ってたじゃない！」

「お前らの種族では当たり前ではあるまい。むしろ、シュウほどのオスであれば、優れた子種を次代に残すためにも、多くのメスを孕《はら》ませる必要があろう」

「……」

「我らの種族は多産だからのう。ところで、お前一人で背負いきれるのか？　こんな世界ゆえ、子など失うは容易《たやす》い。お前は淡々とたくさんの子を宿し、ただ育てていくだけの女になれるかの」

「子供なんて、考えたこともありません！」

　顔を真っ赤にするサラ。

「そうか、それはすまなんだの」

「サラさま、ジルベルさま。承知いたしました。それでは、私は側妻についての申し出は控えさせていただきます」

「ほう、よいのか？」

　ジルベルは、愉快そうにクリステルを見つめる。

「ええ。わたくしはハイエルフですので」

「おお、なるほどの。では我もそれで構わぬ」

「どういうことよ？」

　サラは訝《いぶか》しげに二人に聞いた。

「わたくしたちは、あなた様が女の務めを終えた後も、今のままの年格好でおりますのよ？　あなた様が天寿《てんじゅ》を全うなさっても、おそらく同じでしょう。当然、ここも」

　そう言ってクリステルは、自分のお腹を撫でる。

「ですから、あなた様がどうしても、シュウさまを独り占《じ》めなさりたいと言うのであれば、わたくしはただ、お側に置いていただけるだけで構いません」

「それならシュウ君も同じじゃない？　私とシュウ君は同い年なのよ？」

「それは違う。シュウは我の血を受け入れ、我の守護となった。もし我の命をシュウに流し込めば、シュウは今の姿のまま、幾百年にわたって生きられよう」

「シュウさまが望めば、私どもの氏族にも、そうした秘技がありますので、エルフと共にあるお方として数百年、ご一緒に生きることも可能です」

　サラが真っ青な顔をしてうつむいてしまったのを見て、シュウはとりあえず場を収めるべく、口を挟んだ。

「とにかく、今日はこの辺にしよう。ところで、クリステルさんは戦闘は出来るんですか？」

「ええ。こう見えてもわたくしは、外の世界にあこがれ、故郷を出た女ですから」

　クリステルが言うには、彼女は精霊魔法の使い手で、弓や剣も扱えるそうだ。味方に魔法使いが増えるのはありがたい。

　そのスキル構成からどうしても防御に回らざるを得ないサラのバックアップにもなるし、もちろん、攻撃参加も期待できる。

「わかりました。いろいろ考えないといけないことはありますけど、とにかく、ご一緒いただけるのは光栄です。よろしくお願いします」

とにかく今夜は、クリステルに部屋へ帰ってもらう。

その日の晩は、シュウはほぼサラの抱き枕状態となり、男の子として非常につらく悩ましい一夜を過ごした。ただ、やはりどこか肝が据わっているのか、夜半にはすっかり寝付いてしまっていたのだが。


翌朝、例の男女の処遇《しょぐう》を考えていたシュウは、思い立って、村役人を呼び出した。

「あの山賊が使っていた馬車なんですが、一台譲っていただけませんか？」

「ほう、それは」

「僕たちの馬車ももう手狭《てぜま》ですし、今回何人か同行者が増えますので」

「なるほど」

「今回の件では、色々と費用が嵩《かさ》み大変でしょう？　僕たちとしても、馬車を譲っていただくに当たって、金貨一枚を支払います」

「！　……わかりました。そう仰《おっしゃ》っていただけるのでしたら、私の権限で、お譲りいたしましょう」

やはり昨日感じていたように、この男は金に目がないようだ。

もっとも、ノイスバイン王国の時のように、下手《へた》に騒がれて王宮まで出頭しろなどと言われては堪《たま》らない。

「それと、これは僕たちからの心ばかりのお礼になります」

シュウはこの役人に心付けを渡してみようと考え、さらに金貨一枚を彼の手のひらに置いた。

「こ、これは過分な」

「いえ、これから大変な作業もあると思いますから使ってください。僕たちは先を急ぎます。お手伝いできないお詫びとして受け取ってください」

「では、かたじけなくいただいておきます。馬車はあの一番大きいのをご用立てしますので、どうかお使いください」

「ありがとうございます」

これでようやくこの村から退散できそうだ。

「改めて紹介します。僕はシュウ、彼女はサラ。ジルベルに、クリステルです」

「わ、私はベンノーです。彼女はアルマ。力を尽くしますので、お願いいたします」

結局、二人を雇うことになった。

行く先も身よりも仕事もないというのは気の毒だったし、何より純朴《じゅんぼく》そうな二人なら、一緒に旅していても大丈夫そうかな、と思えたからだ。

ありがたいのは、二人とも馬の世話が出来ることと、御者を務められることだ。

これで、サラやシュウにも自由な時間が生まれることになる。

アルマは炊事や洗濯も出来るということだったので、働いてくれる彼女たちには申し訳ないが、本当に楽をさせてもらえそうだと、シュウは嬉しかった。

山賊の親分が使っていた奴隷運搬用の馬車は、頑丈なのが取り柄《え》なくらいで、あまり乗り心地もよくないし、道具も揃《そろ》っていない。

ひとまずクリステルと従者二人に使ってもらうことにして、最低限、この村で買える物資を買い込み、一行は昼前にはこの村を旅立った。

万が一ヒルゼルブルツ王国の中枢《ちゅうすう》にまでシュウたちの話題が伝わった時に、出来るなら、国境を越えておきたいと思ったのだ。

だが、思ったよりあの村役人の小悪党ぶりが役に立った。

ほとんど自分の手柄ということにして、山賊の財産やら国からの褒賞を自分のものにしたらしい。

シュウたちにとっては、ありがたいことだった。

アンセリ村を旅立った日の午後、昼食のため休憩を取っていた草原でのこと。

「そもそも、どうしてクリステルさんは捕まったんですか？」

まだ一度もその真価を見てはいないが、話を総合すれば、クリステルは相当な精霊魔法の使い手でもあり、護身用に弓と剣が扱えるような戦士でもある。

それが山賊風情に捕まる、というのはなかなかシュウには理解しにくかった。

「泊まった宿が一味《グル》だったのです」

クリステルによると、捕まった日に宿で出された食事にしびれ薬の毒が仕込まれていて、そこで身ぐるみ剥《は》がされたあげく、今も着けている『隷属《れいぞく》の首輪』をはめられたということだ。

この首輪にはなんらかの機構《しくみ》が仕掛けられていて、彼女が主人に逆らったり魔法を使ったりすると、一瞬でその命を奪うようになっているらしい。

さらに、誰かが外そうとしてもその効果が発動することを山賊に告げられ、今まで何も効果的な手が打てなかったことを説明してくれた。

「サラ、たとえばだけど、直接クリステルさんに魔法かけて、それから首輪を外せないかな?」

「どんなトラップかにもよるけど、まずクリステルさんに《プロテクト》をかけて、その後で魔法避《よ》けに《リフレクト》と、毒なんかのために《レジスト》なんかをかけてから外せば、何とかなるかもしれないわね」

「本当?」

クリステルは、二人の会話を聞き、嬉しそうに立ち上がった。

「ううん、可能性の話。他の方法があるんだったらそっちで外した方がいいと思う」

サラはリスクを思って及び腰だった。

「いいえ、いつ誤作動して死ぬかもわかりません。だったら、一刻も早く外していただきたいです」

「……」

「お願いします。もし、わたくしに何かあったとしたら、ここにいる皆様が証人です。サラさま」

「わかった……」

サラも渋々《しぶしぶ》、引き受けることにしたようだ。

安全のため、一同から離れた草原で解除を始める二人。

とりあえず念のため、まずはサラ自身に《プロテクト》《リフレクト》《レジスト》をかける。そして、イスに座っているクリステルに、まずは《プロテクト》をかけてみた。

すんなり効果が出たことを確認し、続いて残りの防御魔法を重ねがけする。

サラはクリステルの背後に立ち、慎重につなぎ目をいじる。留《と》め金《がね》らしきものを見つけ、サラが指で押し込み、カチッと外れた瞬間――。

ズーン！

激しい爆風が周囲にこだまし、少し離れて様子を見ていた一同を騒然とさせた。

「おい！　大丈夫……」

爆煙が薄れていくが、そこには二人の姿はない。

あわててシュウが駆け寄ると、焼けこげた爆心地の少し先の草むらから、二人の女性の笑い声が聞こえてきた。

のぞき込むと、爆風で飛ばされたのだろう、サラの上に寝ころぶクリステルと、草むらに埋《う》もれているサラ、二人の笑顔があった。

「肝が冷えたよ……」

シュウもやっと、強張った顔を緩めた。

「サラさま。わたくしはあなた様に命を救われました。このご恩は、いつかきっと、お返しいたします」

「ふふ、そうね。いつか、きっとね」

出会ってから初めて、屈託《くったく》なく言葉を交わす二人だった。

その日の夜、宿屋で食事をしている時、クリステルはふと「シュウさま」と、思い出したように声をかけてきた。

「シュウさまは魔法をお使いにならないんですか？」

「うん、使ったことないよ。覚えたいとは思ってるけど」

「申し訳ありません。そのことなのですが、レオナレルに向かうのでしたら、少し思い当たることがございます。出来ればレオナレルまで、一切練習などなさらずにいていただけませんか？」

「うーん。いい機会だと思ってたんだけど、どうして？」

「話すと長いのですが、要するに魔法を使ったことのない状態が好ましいのです」

「……わかりました。じゃあ他のことでもしてます」

4

こうして一行は、五日かけてヒルゼルブルッ王国を出て、『始まりの街』レオナレルのある神聖ネカスタイネル国に入っていった。

ネカスタイネル国は宗教国家だ。

レジナレス大陸のほぼ中央に存在する国家で、全大陸の陸送の中心に位置するため、そこから延びる街道は他国家に比べても整備されていて、途中にも宿屋を擁《よう》する街が繁栄している。

大国行きの各街道はそれこそ石畳で舗装されていて、それが各関所まで美しく続いている。

街道の石畳は国家の豊かさの象徴だが、同時に、治安のよさの表れでもある。

ネカスタイネルは他の国と比べ、軍事力にも特色がある。ゲームではジョブクラスの一つだった『聖騎士《ホーリー・ナイト》』の騎士団が存在するのだ。王家や貴族家に所属する兵とは違い、教会に属する軍事力である。

ネカスタイネルでの治安維持は、この聖騎士《ホーリー・ナイト》たちが中心となり、そこに都市警護や周辺護衛などの武力が集約されて運営されている。

早い話、とても住みやすい都市なのである。

『始まりの街』レオナレルはゲームのスタート地点に当たることもあって、大陸一の大都市だった。

それはどうもこの世界でも同じようだ。大陸の商業・流通・文化・芸術の中心であり、また、宗教上の聖地でもある。華やいだ雰囲気と、絶え間ない人々の雑踏《ざっとう》。

この街を目指して寂れた裏街道をひた走ったシュウたちにとっては、心湧き立つ思いのする光景だった。

シュウは、この都市に来たらやろうと考えていたことがある。

大陸のほぼ中央ということもあるので、レオナレルをこの世界を調査するに当たっての拠点《きょてん》にしたいと考えていたのだ。

これまでの経験から考えて、シュウとサラの持つ財力はおそらくこの街で邸宅《ていたく》を所有することも充分可能なものだ。シュウたちは、この地でもっとも華やかなホテルに宿を取り、まずは空き物件の調査を始めることにした。

だがその前に……。

まずはゲームとこの世界の違いが知りたくて、ゲーム時に利用したさまざまな施設を見て回ろうと思った。シュウがサラにそう提案すると、サラも二つ返事で付いてきた。

その間、クリステルに金貨を百枚ほど渡し、ジルベルやベンノー、アルマと彼女自身の身の回り品や、新しい服の購入などを頼んだ。

三十日近い旅を経るとやはり旅装《りょそう》に汚れやほつれが出るので、せっかくだから、贅沢に新品を整えようと考えたのだ。

ベンノーやアルマは恐縮して遠慮していたが、クリステルには、彼らにも数着の普段着と正装、そしていわゆるメイド服や、執事服も数着ずつ見積もるようにお願いしておいた。同様に、クリステルとジルベルにも、数着の正装、普段着やアクセサリーなどを見繕って購入するよう話している。

最初に訪れた、ゲームスタート直後に登場するチュートリアルの館は、巨大な大衆酒場になっていた。

入り口からちらっと中を覗いたシュウとサラは、昼食時で賑わいを見せ始めたその店には入らず、次の目的地を目指した。

ジョブチェンジの神殿。

プレイヤーレベルとジョブレベルが一定以上になるとクラスチェンジできる新ジョブを、ステータスに書き加えるための神殿だった。

だがそこには寂れた無人の古い神殿があるだけで、特に人で賑わってはいなかった。

クエストが交付される冒険者の館は、いわゆる冒険者ギルド的な存在になっているようだった。

壁には、さまざまな依頼が書かれた羊皮紙《ようひし》がきれいに貼《は》り出されていて、それを一個一個真剣な表情で眺めて通る冒険者風の男女が多数いた。

「……わかってはいたけど、やっぱり、違うのね」

サラは少し、肩を落としていた。

シュウは努めて明るい声を振り絞って、言葉を継《つ》いだ。

「まあでも、めげずに頑張ろうよサラ。この世界だって、悪いことばかりじゃなかったじゃない」

「うん」

シュウはサラの肩を抱いて、建物から出た。

不動産屋がないかと探してみたが、こうした都市における不動産屋は平民クラスの物件、それも主に賃貸を専門にしているようだ。邸宅が欲しいとなると、どうも勝手が違う。

この都市には、五人の支配層——評議員がいて、それぞれ、軍事・経済・司法・行政・治安を担当している。その評議員のうち、治安を担当する者の配下に、どうやら邸宅などを管理する組織があるらしい。

とりあえず、シュウとサラはホテルに戻って支配人に相談してみようと決めた。ホテルの支配人というのは、意外に世間に顔が利くものだからだ。

支配人は、白髪《しらが》交じりの小柄な紳士だった。

シュウはまず、ノイスバイン王の発行してくれた手形を支配人に見せ、自分がこの街で邸宅を構えたいと相談してみた。

「なるほど。そうなりますと、評議員アロイス様のご裁可《さいか》が必要になるかと存じます」

アロイスというのが、件《くだん》の治安担当評議員の名前のようだ。

「まずはアロイス様のお屋敷に出向き、掛かり付けの担当の文官などに話を通されてはいかがでしょうか?」

支配人は、羊皮紙に自らの名で紹介状をしたため、シュウに手渡してくれた。

「これをお持ちいただければ、取り次いでいただけるかと存じます」

「ありがとうございます。少ないですけど、ホテルの皆さんへの感謝の印に受け取ってください」

シュウは、チップとして金貨五枚を支配人に手渡した。

おそろしく過剰なチップではあるが、支配人はためらうことなく、そして、へつらうこともなく堂々とそれを受け取り、さまになった礼をした。

「ところで、あなた様はもしや『黒竜殺し』のシュウさまでいらっしゃいますか？」

「⁉　久しぶりにその二つ名を聞きました。よく知ってますね」

「このような仕事ですので。ではサラさまは『舞姫』で？」

「はい」

「ご高名な冒険者の皆様をお世話させていただき光栄です」

恭しく頭を下げると、支配人はシュウたちの部屋を出て行った。

あのゲーム世界との違いを昼間思い知ったシュウにとって、自分たちの二つ名が知れ渡っていることは、見知らぬ土地で知己《ちき》に出会ったような喜びがある。

後でサラにも話してあげよう。シュウは頬を緩めて思った。

とりあえず明日は、サラと二人でアロイスの屋敷に行ってみよう。そう決めて、シュウは皆が待つ自室に戻った。

今回借りた部屋は、それぞれの寝室になる個室が五個、部屋の中心は三十畳はあろうかという大広間になっていて、食事も広間のテーブルで出来る。また、室内に専用浴室もあるという途轍《とてつ》もなく贅沢なスイートだった。

宿泊費は一泊金貨一枚。食費と部屋の利用料を含んでいる。

シュウは人数分の食事を用意してくれた給仕にチップを渡そうとしたが、「支配人より、『すでに多大な心付けをいただいている』と伺っております」と、受け取ろうとしなかった。教育の行き届いたホテルだな、とシュウは感心した。

一同はすでに入浴を済ませ、今日買ったばかりの真新しい服に身を包んでいた。

やはりこうして落ち着いて身なりを整え、贅沢な食事を前にすると、誰しも心が華やいだ気持ちになる。

だが、そうでない者たちもいた。ベンノーとアルマは、従者でありながら一同と同じ待遇を受けていることに、とまどいを隠しきれなかった。

シュウもサラも、主従というものに全く頓着《とんちゃく》していない。

ベンノーもアルマも、従者をした経験のない一介の農民なのでよくわからないのだが、自分たちの主の異常さだけははっきりと感じられた。

第一、従者である自分たちの日常の服まで買い与えるような主はまずいない。せいぜい、屋敷住まいの制服を用意する程度だろう。

こうした浪費が巡り巡って自分らの借財《しゃくざい》になるのではと恐れたベンノーは、シュウにそのことを問いただしてみた。

「いえ、これまでのお礼、僕たちからのプレゼントだと思ってください」

質問の真意を機敏《きびん》に察したシュウは、そう言って二人を安心させた。

「本来は従者は食事を別に取るものだと思います」

アルマも、主たちの食卓に座らされることが居心地悪かったらしい。

「そうなんですか？　でも旅の途中からずっと一緒だったじゃないですか」

シュウはこれもまた全く意に介さないように答えた。

「気にしないでどんどん食べてください。足りなければまた注文しましょう。今日はあれですよ、無事に着いたお祝いみたいなもんです」

「欲しかったらお酒も飲んでくださいね」シュウはベンノーに言ったが、彼らは恐縮してしまっていて、食べたものの味もほとんどわからない様子だった。

食事が終わると、皆で応接間らしきソファーの部屋に移り、ベンノーら従者も交え、今後の相談をする。

まずシュウから、自分たち二人がこの世界の人間ではなかったこと。ここにはどういう手段かわからないが連れ込まれてしまったこと。そして、そうした謎を探す手がかりになればと思って、この街に来たこと。手がかりになりそうな場所は全滅だったことなどを話した。

その話は、ジルベルにとってはどうでもいいことらしく、ベンノーとアルマには、理解を超えた内容だった。興味深そうに聞いていたのはクリステル一人だった。

「で、まあ今後なんですけど……」

シュウは次に、この町に邸宅を構え、今後の活動の拠点にしたいこと。そのために評議員に会いに行き、手頃な物件を購入する予定であることを告げる。

後はシュウ個人の趣味として、鍛冶工房にも興味があった。騒音の問題もあるのでおそらく邸宅に併設《へいせつ》することは不可能だろう。

さらに、馬はともかく、馬車をもっと機能的なものに新造したいと思っていた。邸宅を維持管理するための人材も確保したい。

シュウは一通りそんなことを一同に伝えた。

「何か希望や提案がある方はいますか？」

「それでは――」

クリステルが引き取って言った。

「まずわたくしは、この町でお会いしたい人がおりますので、シュウさまにご同行いただきたく思います」

　翌日。

　とりあえず、シュウをどこかに案内したいというクリステル、そして評議員公館に邸宅斡旋《あっせん》の依頼に行くシュウとサラの三人で、出かけることにした。

　まず評議員公館の門番に来意《らいい》を告げ、ホテルの支配人が書いてくれた紹介状を手渡す。

　紹介状を見た門番は、当初の胡散臭《うさんくさ》そうで面倒そうな態度を豹変《ひょうへん》させた。

　三人を公邸入り口から建物の中に通し、なんらかの許可を得るためだろう市民でごった返す窓口前を素通りし、やや広めの面会室といった感じの部屋に案内してくれた。

「こちらでお待ちを」

　門番はそう言うと退室していった。

　しばらくすると、三人が通された扉とは違うもう一つの扉が開き、かなり身なりのいい貴族然とした男が、従者と共に室内に現れた。

「紹介状は拝見《はいけん》した。わたしはホラーツ。アロイス評議員の秘書を務めている」

「はじめましてホラーツさん。こちらはサラ、クリステル。僕はシュウ。よろしくお願いします」

「さ、かけたまえ」

まずシュウはノイスバイン王の手形を見せ、支配人が紹介状を書いてくれた経緯を手短《てみじか》に話すと、本題である邸宅購入の件を切り出した。

予算を聞かれたが、相場が一切わからないシュウ。そこで、予算よりまずは物件を見せて欲しいと頼む。ホラーツは従者に、空き物件についての資料を持ってくるように命じた。

その空き時間を使い、シュウは、鍛冶施設を購入したいことも併せて相談してみた。

「一般には、鍛冶場は工芸ギルドが取り仕切っている。表通りに店舗を備えた鍛冶屋ならば、ここでも扱いがあるが……」

ホラーツは答えた。

従者が羊皮紙の束を抱えてきたので、ついでに鍛冶場のある店舗も見せて欲しいという と、ホラーツは再度、従者に資料を取りに走らせてくれた。

物件は五軒ほど空きがあるようだった。そのうちの二軒にシュウは心引かれた。

一軒目は街の中心にある教会施設のすぐ傍《そば》で、五軒のうちもっとも敷地が大きく、建物も大きい。立地条件も最高らしい。だが、庭がなかった。

もう一軒は、教会から南に二ブロックほど下った一角にある。

建物は従者用の個室四十、一階は食堂施設と玄関ホール。二階に応接間と来客用の宿泊施設があり、三階に執務室《しつむしつ》と個室、主用の居間と寝室がある。建物自体は一軒目の半分ほどの規模だ。

この物件には庭があり、厩舎《きゅうしゃ》まであるようだ。

金額は、二軒目の方が半額近く安い。

一瞬悩んだが、シュウは二軒目に即決した。店舗付きの鍛冶場も、幸いなことに南ブロックにあった。邸宅から五分ほどの距離だろうか？

こちらも購入することにして、早速価格の確認となる。

「二つ合わせて、金貨二百でどうだろうか？」

値引きしてくれたらしい。

「お願いします」

シュウは右手を出した。ホラーツがそれをしっかり握り返す。

「毎年、購入費の五パーセントが地税として徴収《ちょうしゅう》される。レオナレルの市民には人頭税《じんとうぜい》は免除《めんじょ》されるが、奴隷がいる場合は、奴隷の人頭税は主人にかけられる」

ホラーツはそう言うと二枚の羊皮紙を取り出し、サインを求めた。

「鍛冶場の方は相当荒れている。手直しが必要かもしれないが勝手にやってくれ。必要なら壊して建て替えてもよいが、近隣とは揉めないでくれ」

「職人の手配などはどうしたらいいですか？」

「工芸ギルドで依頼してみるとよい。ついでに邸宅も見てもらうとよい」

「ありがとうございます。後、邸宅に勤めてくれる使用人なんかは、どこで依頼するものなんですか？」

「そうだな、普通であれば商業ギルドだろうが……シュウ殿が持ってきた紹介状の主に、まずは相談してみるとよかろう。ホラーツにそう言われたと伝えてみなさい」

「わかりました」

シュウは金貨二百枚と、今年の分の地税十枚を差し出した。

先ほどサインをしたのが権利書だったのだろう。ホラーツは四枚の権利書を二組ずつ割り印し、二枚をシュウに手渡した。

納税を証明する書類にもサインをし、それもこちらに手渡す。

「これでこの物件は君らのものだ。ようこそ、レオナレルへ」

ホラーツはそこで席を立ち、部屋から去っていった。

「とりあえずサラはこの書類を持って、ホテルの支配人さんに使用人のことを相談してみて」

「うん。シュウ君は？」

「僕はまず工芸ギルドに行って、リフォームの相談をしてみる。ついでに馬車も。その後、クリステルさんの用に付き合う」

「わかった。私がいないからって、シュウ君に手を出しちゃダメよ！　クリステル」

「承知しました」

二人の美女の、冗談か本気かわからないやりとりに挟まれ、シュウは苦笑するしかない。

シュウは気付いていないが、この二人の美しい視線は激しく火花を散らしていた。


工芸ギルドは、繁華街である南ブロックの中央側、つまり教会のすぐ近くにある。

ホテルは東ブロック、評議員の公邸は教会のある中央ブロックになる。

空き家になっていた邸宅は南ブロックにあるので、おそらく豪商《ごうしょう》なんかがオーナーだったのだろう。

工芸ギルドに足を踏み入れる。やはりギルドとかは、所属する者たちの臭いが付くなあ、とシュウは思った。

例えば冒険者ギルドというのは、こうだ。

誰かが扉から入ってくる。誰も彼もがその顔を見て、相手の値踏みを始めるが、極力、見ていないふりをする。

そして大抵の場合、冒険者ギルドで付けられる値札は、その人物の実力より不当に安く付く。

先ほど行った評議員公館はまあ、典型的な役人のそれだ。

休まず、遅れず、働かず。やっかいそうな来客は特別待遇でとっととかわし、後はまあ、ほどほどに対応する。

そして工芸ギルドは――。

なんとまあ無愛想《ぶあいそう》で、無関心で、静かなところだろう。

皆一様《いちよう》に不機嫌そうなのは、そうすることで余計な会話をしなくて済むからだろう。

壁の依頼を眺める者も、皆狭い範囲――自分の分野のみを見たら帰るか、依頼書を手にとって受付に行くかだ。

その受付も、こうした空気の中だからだろうか。かわいい女の子などいない。

老齢で、職人に輪をかけたような頑固《がんこ》で偏屈《へんくつ》そうな老人ばかりだった。

「すいません。僕はシュウ。アロイス評議員のホラーツ秘書から、こちらに依頼するといいと聞いて来ました」

「……そうかい。そこの扉から中に入って、突き当たりで待ちな」

予想を裏切らない無愛想さだ。シュウはちょっと面白くなってきた。

シュウたちがフロアと内部を区切る扉をくぐり、突き当たりで待っていると、非常に背の低い老人がやって来た。

「評議員からの客ってのはあんたかい？」

「はい、シュウです。依頼に来たんですけど」

「……入んな」

目の前の応接室の扉を開けると、老人は先に入り、ソファに座った。

「では改めまして。僕はシュウ、こっちはクリステル。今日は、購入した邸宅と店舗の手直しを依頼しに来ました」

「ほう」

シュウは、控えておいた物件の住所を老人に示した。

「ほう。あれを買ったか、たいしたもんだな」

「そうですか？」

「ああ、見る目がある。他に何軒か候補があったろう」

「ええ」

「そこからあれを選んだならたいしたもんだ」

「だから、どうしてですか？」

「あれは、わしが建てた」

……こういうタイプは、自尊心が強いくせにダメな人間が多い。シュウは少し気を重くした。

それをめざとく老人も感じたのだろう。一つ小さく舌打ちすると、「いやなガキだな」と聞こえるほどの小声で言った。

「それはどうも」

シュウもあえて、売られたケンカを買い取る。

「あの邸宅なら手直しは必要あるまい。問題は南三ブロックの店だな。あそこはもうだいぶ古い。建て直した方が早かろう」

「じゃあそのようにしてください。邸宅も一通り確認をお願いしますね。その後、見積もりも」

見積もりと言われて、さらに老人はいやな顔をした。見積もりを出せと言う人間は金にうるさい。

「店の方、建て直すにしても、また鍛冶屋にすればいいのか？」

「はい。鍛冶場に必要な内装や工房もすべてコミでお願いします。二階には住居を用意してください。使用人が住むかも知れませんので。後は今のままの店を綺麗にしてくれれば大丈夫です」

それだけ言うとシュウは立ち上がった。

慌てて老人も立ち上がる。

「手付け金がいるなら今払います。見積もりは三日以内に。何かあればホテル・レオナレルまでお願いします」

扉を開け、クリステルを先に退室させながら、シュウは振り返って言った。

「そういえば、僕はあの店で武器や防具を作ったり売ったりするつもりなんですが、このギルドへの登録は必要ですか？」

「そうだな」

「ではその手続に必要なものも、見積もりの時に用意してください。後、初対面の者には最低限、名前ぐらい名乗るべきだと思いますよ？　やる気がないのなら、さっさと後進に道を譲って隠居《いんきょ》してください。なんならついでに、この後評議員のところに行って報告しましょうか？」

「ま……待て」

初めて老人の顔に緊張感が走った。

どう見ても使いの小僧っ子にしか見えなかったこの少年が、自分の交渉相手だとやっと気が付いたのだ。

「ぶ、無礼は詫びる。わしはこのギルドを預かっているギルドマスター・イェフだ」

その後、改めてイェフは職人頭などを呼び寄せ、シュウはもう一度条件などを伝え、彼らはそれをメモに取り、明日、ホテルに鍵を取りに来ると約束して別れた。

「呆れましたわね」

クリステルは、工芸ギルドから出ると、ため息交じりの苦笑を浮かべて言った。

「全くです。工芸ギルドって、どこもあんな感じなんでしょうかね？」

シュウがそう言うと、「いえ、シュウさまに呆れたのですよ」とクリステルに笑われてしまった。


クリステルが案内したい場所というのは、街の北ブロックの中でもかなり遠いところらしい。

ホテルのドアマンに馬車を頼み、行き帰りの足になってもらうことにした。厩《うまや》にあずけた自分の馬車を出すのは、馬具の装着や馬車の準備が手間だからだ。

高級な送迎馬車に揺られ、目的地までたどり着く。

南に広がる商工業の街や東に広がる宿屋などの歓楽街、西に広がる貴族たちの街に比べ、北側は平民や貧民が多い住宅街だった。

その果て、都市城郭の北門にほど近い林の傍に、一軒の小さな煉瓦《れんが》造りの家があった。

家の前に馬車を停め、御者にここで待つように告げると、クリステルはシュウを案内し、家の中に入っていった。

「おばばさま、ご無沙汰いたしております」

おばばさまと呼ばれた女性は、シュウからはどう見ても三、四十代にしか見えなかった。

だがハイエルフの一族なら、見た目でシュウが年齢を当てられるような日は、たぶん一生来ないだろう。

確かによく見ると、クリステルにどこかしら面差《おもざ》しが似ている女性だった。

「お客人をお連れしています。こちらはシュウさま。わたくしの命の恩人です」

「あ、シュウです。はじめまして」

「ようこそシュウ殿。わたしはこれの外祖母で、カトヤという。クリステル、お前が選んだのはこの方かい？」

「はい、おばばさま」

「どれ、ほう……これはたまげた」

カトヤと名乗ったおばばさまは、シュウを鑑定《かんてい》するようにじっと眺め、「なるほど」と満足そうにうなずいた。

そして、おもむろに部屋から出ていくとしばらく物音を立てている。やがて、一つのカバンを持ってこちらに戻ってくると、そのカバンをシュウに持たせて言った。

「では行くぞ」

「えーと、どちらに？」

「決まっておろう、里帰りだ」

「今からですか？」

「当然だ」

「おばばさま、シュウさまにもご都合がありますので」

クリステルは、このおばばさまの性格をよくわかっているのだろう。苦笑しながら間を取りなした。

「そうか、なら今夜は泊まっていけ」

「いえ、まだ街の方で仕事が残っているんですけど……」

「なんと。誰かに任せて行けないのか？」

「おばばさま！」

クリステルが、急《せ》くカトヤをたしなめる。

「おお、すまんすまん。ところで、シュウ殿は今どこにおられるのだ？」

「ホテル・レオナレルです」

「なんと、そうか。あそこはわしも一度泊まりたいと思っておったが、ついに機会がなかったわ」

「えーと。じゃあご一緒しますか？」

クリステルが目線で『やめろ』と訴えたがもう遅かった。

「よう言うた！　ではご相伴《しょうばん》にあずかるとするかな」

カトヤはシュウにカバンを持たせたまま、真っ先に軒先《のきさき》に停まっていた馬車に飛び乗り、「何をしておる、早く乗らんかい」と、あっけに取られる二人を急かせた。


ホテルに着くと、カトヤの案内と接待をクリステルに任せ、シュウはホテルの支配人と話すために、カウンターで彼を呼び出した。しばらくすると、ボーイがシュウを支配人室まで案内してくれた。

「お帰りなさいませ。お話はサラ様から伺っております」

支配人はそう言い、シュウにソファを勧めて自らも座った。

購入した邸宅と店舗の住所を支配人に伝えると、彼は「なるほど、よい買い物をなさいました」と微笑んだ。

「それで、ホラーツさんに使用人をどうしたらいいか尋ねたら、支配人さんと話すように言われたんです」

「なるほど、彼らしい」

「知り合いなんですか？」

「古い友人ですよ」

具体的にどのような人材が欲しいのか、と支配人は尋ねた。

「色々です。執事長、家政婦《メイド》、料理人、馬丁や庭師とか……」

「馬丁や庭師もですか？」

「はい。とは言っても、庭仕事や馬の世話などがいつもあるかはわからないので、出来たら自分の仕事を自分で見つけてくれるような人がありがたいですかね？」

「そうですね。それから？」

「僕たちは揃って旅に出ることもあるので、と言うか、もう早速その予定なんですけど……まあそんな状態なので、執事長として、人付き合いが上手で金勘定に明るく不正をしない方が欲しいんです」

とにかく、信頼関係を築く時間があまりない。多少高給であっても信頼できる人が欲しい。

「それはそうでしょうね。他には？」

「これ以外の人選は執事長にお任せしたいです。たとえば、育てるのであれば未経験の人を雇っても構わないでしょうし、人数も、必要と思われるだけ執事長の裁量《さいりょう》で集め、人事をこなしてくれると助かります。もちろん、部下の教育もお願いしたいです」

「それは条件が厳しいですな」

「ですね……」

「お店はどうなさるおつもりですか？」

「店はひとまず、今僕たちの従者をしている二人に任せてみようかなーとか、考えてるんですよ」

「ほう」

ベンノーとアルマの二人だ。屋敷で使うにせよ、かなり長い期間の教育が必要だろう。どうせ教育が必要だったら、まずは武器防具の商いを覚えさせ、彼らに店番を頼めばいいのではないか。シュウはそんなことを考えていた。

「おそらくあの物件は建て替えになりますんで、開業はまだまだ先の話になります。その間、あの二人を預かってくれるようなお店があるといいんですが」

「それは、修業のために無給で、という意味ですか？」

「はい。うちの従者ですし、給料はこちらで払います。それに聞いたところ、あの二人は読み書きと計算が出来ますから」

だから山賊たちに殺されず、奴隷としての値打ちを認められたようだ、と二人は言っていた。

「なるほど」

「店が完成したら、あの二人を店に住まわせようとも思っています。それまでは邸宅で寝起きをしてもらえばいいかと」

「奴隷はお使いになりませんか？」

「今は考えていないですけど、必要なら。それも執事長の裁量に任せたいです」

「わかりました。私が知る限り、そうした条件で執事長として働ける人間は、今のところこの街で一人しか思い浮かびません」

「そうですか。お手数ですけど、紹介してもらえますか？」

「いえ、その必要はございません」

支配人はにやりと笑って、こう続けた。

「わたくし自身ですので」

シュウは驚いた。

目の前の支配人は、これほどのホテルで運営のトップを任されている。それは確かに、シュウが求める最良の人材である。

「え……そうです、ね？」

「私ではご要望に届きませんでしょうか？」

「いいえ、反対です。支配人さんほどの方が、僕たちみたいなよそ者のために、現職を捨ててまで来てくれるなんて……」

「ノイスバイン王に友と呼ばれ、このホテルで最高級のスイートを貸し切り状態にして、邸宅と店を一括《いっかつ》で購入なさる。さらに、お二方とも音に聞こえた二つ名持ちでいらっしゃる。『黒竜殺し』に『舞姫』です。そうした方にお仕えするというのは、なかなか魅力的だと思われませんか？」

「そう言っていただけるのはなんと言うか、恥ずかしいですが……わかりました。それでは支配人さん……えっと」

「これは失礼。名乗っておりませんでしたな。私はラルス・フルストと申します」

「それではラルスさん。僕はシュウ・タノナカです。あなたを僕の執事長としてお迎えしたいのですが、引き受けてもらえますか？」

「喜んでお受けいたします」

二人はがっしりと握手を交わした。

「ところでシュウ様。私の報酬はどのようになりますでしょうか？」

「今の年収はどのくらいですか？」

「年に、金貨十五枚です」

「わかりました。じゃあその二倍で」

「承りました」

さすが一流のホテルを一手に任されているだけあって、ラルスの年俸《ねんぽう》は一般の人々と比べて桁違いに高かった。

だが、シュウが彼に望むものは、このホテルの支配人としての仕事量の倍はあるかもしれない。だからそれだけの報酬で報《むく》いる。その価値がある人だとシュウの直感が告げていた。

ラルスは副支配人を呼ぶと、自分は近く引退するので、五日後を目途にこの部屋に引っ越せるよう準備をするようにと言って、副支配人の目を白黒させた。

「そうですね。明日からは支配人の服を着て、支配人代理を名乗るとよいでしょう……後をお任せしますよ。何人か引き抜いていきますから、後任の選定もお願いします」

どうやら本気らしいと副支配人は悟り、降って湧いた昇進《しょうしん》の興奮に頬を紅潮《こうちょう》させながら、美しいお辞儀をして退室した。

「ところでラルスさん」

「どうかラルスとお呼びください。ご主人様」

「いや、そのご主人様はどうしたものかなーと」

シュウは苦笑した。

「とにかくラルスさん。状況は今お話ししたとおりです。出来ればすぐに旅に出たい事情があるんですが、少なくともあと数日は、街でさまざまな準備をするつもりです。ですのでその間に、人事も含めてラルスさんにいろいろと手伝って欲しいです。大丈夫ですか？」

「かしこまりました。ご主人様」

「だからご主人様はやめてください。なんか背中がむずむずします」

「……わかりました、シュウ様」

「ありがと。それじゃ、まずは前払いとして金貨三十枚をお渡しします。それとは別に、支度金として金貨十枚」

シュウは早速、計四十枚の金貨を積み上げる。

「ラルスさんも自身の契約書を作ってください。後で僕もサインします。それと早速、屋敷の人員の手配ですね。明日はホラーツさんが邸宅の引き渡しに、工事についての打ち合わせに工芸ギルドからも人が来ることになっています。そちらへの同席もお願いします」

「承知しました。少々お待ちください」

ラルスは自分の机に座ると、机から羊皮紙を取り出し、流れるような筆致《ひっち》で書類を作り、シュウに手渡した。

シュウはその文面を読み、即座にサインをする。

シュウがサインをしている間に、ラルスは手帳に、今伝えられた内容をメモしていった。

「ラルスさん。ちょっと聞きたいんですけど、ラルスさんは工芸ギルドの内情とかに詳しかったりします?」

「仕事柄、多少のお付き合いがございます」

「あそこのギルド長はダメだと思うんです。誰か、付き合っていくうえでこれは、という人をご紹介いただけませんか?」

「かしこまりました。序列三位に、ザールという男がおります。明日お引き合わせするよう手配いたします。しかし、どうなさいましたか?」

シュウは昼間の一件をラルスに話す。ラルスは柔らかな微笑みを浮かべてうなずいていた。

「なるほど、それはいけませんな」

シュウはその後、残りの案件をラルスと詰めていった。

買い取った店舗の工房についての要望や、店舗の設計について。工芸ギルドに依頼したい、新しい馬車について。屋敷の運営について。

ラルスは内心で、目の前にいるこのあどけなさの残る少年に舌を巻いていた。

職歴数十年の実務のプロとしては、まだまだ少年の思考や計算には穴がある。それは当たり前だが、それでもドキリとさせられる視点や発想が随所に表れている。

この少年が年を経て老練《ろうれん》したら、どれほどの怪物になるだろう？

そう思うと、ラルスの心は久しぶりに高鳴っていた。

「ラルスさん。たとえば、僕たちが旅のさなかで何かトラブルにあって、数年帰ってこなかったとします。その場合を考えたうえで、今までの話でかかる費用も含め、総額でいくらあなたに預けておけば安心か、その費用を出してもらえますか？」

「承知しました。それでは、明日の見積もりなどを聞いた後で、計算しておきます」

その後、シュウはラルスを伴《ともな》って部屋に戻った。

そして一同に、「僕たちの邸宅の執事長をお任せすることになったラルスさんです」と紹介した。

翌日、物件の引き渡しが終わると、工芸ギルドとのミーティングが始まった。

ラルスがどう手を回したのか、工芸ギルドからは例のザールという男がやってきた。打てば響くような頭の回る人物で、シュウはとてもありがたいと思った。

人間というのは不思議なもので、呼吸のタイミング一つ微妙に違うと、それだけで反《そ》りが合わなかったりするものだ。

「今後とも、よろしくお願いします」

言外《げんがい》にさまざまな意味をこめて、シュウはザールと握手を交わした。

工芸ギルドとのミーティングを終えたシュウは、ベンノーとアルマを呼び出し、買い物を頼んだ。

昨夜、ラルスの引き抜き後にカトヤと相談して選んだ、彼女の言う「里帰り」に必要な物資を、二人に買いそろえてもらおうと思ったのだ。

彼らとの契約は、ラルスを通さず、シュウと直接結ぶことになっていた。その契約書をラルスが作成し、サインを終えた後、二人には金貨五枚ずつ支払った。

使用人見習いの給金の相場は、年に金貨一枚だとラルスから聞いた。

ただでさえ身の丈を超えた高級仕立て服や大量の作業着を与えられて恐縮していた二人は、さらにかしこまっている。

だが、昨夜シュウの話した二人の仕事については、ラルスがよほど熱を入れて話したのか、彼らは相当の決意を持っていたようだ。

「ベンノーさん、アルマさん。このお金は先行投資です。あのお店を完全にあなたたちに任せられれば、充分に元が取れると思います！　どうか頑張ってください」

シュウはそう言うと、とりあえず、今日の買い出しについて細かくお願いしていく。

大体どのくらいの費用がかかるかというのはラルスが見積もってくれたので、少しだけ余分にお金を渡し、外で食事をしてくるように伝えて送り出した。

そして、ラルスに預ける資本金の話に移る。

ラルスによると必要総額は金貨三千枚。シュウは了承し、二人で銀行に出向き早速預金を行った。

その他に、「シュウ商会」と名付けた店舗の預金も金貨千枚で行い、口座の管理をラルスに任せることとした。一人前の店主になった時、ベンノーに預ける口座である。

他に、万一のためにシュウ自身の口座も作った。これには金貨を五千枚預け、同様に、ラルスに預けることとした。

「驚きましたな。シュウ様は一体、どれほどの金貨をお持ちなのですか？」

「手持ちであと七千枚はありますよ」

これにはさすがのラルスも驚いた。

シュウにしてみれば、この金貨はゲーム中で持っていた通貨がそのままアイテムガジェットに入っていただけのことで、あまり違和感はなかった。

だが確かに、この世界の常識を覆《くつがえ》すだけの所持金ではあっただろう。

平民の四人家族だと、年に金貨五枚もあれば、不自由なく暮らせるのがこの世界だ。それとは比べ物にならない量の金貨を、これほど若い少年が持っているのは、異常に違いない。

ラルスは、昨夜のサラの話から、彼女もまたシュウとは別に金貨を持っていることを聞いていたので、おそらく同じくらいの量だろうと想像した。

どうりで、この二人の金遣《かねづか》いの荒さはとんでもないはずだと、嘆息《たんそく》するラルスだった。


「シュウ君、デートしよう」

翌朝、普段着ながら質のよい生地《きじ》で仕立てた、下《お》ろしたての服で着飾ったサラが、朝食中にいきなりそう言いだした。

「え？　デート？」

「いやなの？」

眉間《みけん》に皺《しわ》を寄せたサラに、「……行きます」と、とっさに答えてしまうシュウ。

「デートとはなんだ？」

「……逢《あ》い引きでしょう？」

ジルベルとクリステルが小声で言い合っている。

「悪いけど、今日は二人っきりで行かせてもらいます」

その二人にサラが宣言した。

サラの命令通り、彼女が仕立屋に指示したシュウの普段着を着込んで、二人は連れ立ってホテルを出た。

教会と商業地の目抜き通りには、一流店らしき高級店の大店舗が立ち並んでいる。それに対し、商業地の外れは一気に庶民的な佇《たたず》まいになる。ゲームでも同様だったが、この世界のレオナレルは特に、生活感が強い。

午前中に一流店をぶらついてたっぷりウインドウショッピングに付き合わされたシュウは、昼過ぎにやっと、空腹を満たすことが許された。

下町風情の強い、簡素で飾り気のない居酒屋風の店にシュウを案内して、二言三言サラは店員に言葉をかける。席に着くと、数分とおかずに料理がシュウの目の前に山積みにされた。

「うまい！」

シュウはいつものの、あの幸福なだらしない顔をにやつかせながら、サラが注文したフライドチキンにむしゃぶりついていた。

サラはその光景を、小悪魔的な笑顔で見つめている。

シュウの大好物を知り尽くしたサラだけが掴んでいる、シュウの胃袋だ。

ラルスに聞き込みをしたサラは、この店の鳥料理に、どうやらシュウの愛してやまないフライドチキンによく似た揚げ料理があると知って、わざとシュウの腹を空かせるために午前中かけて連れ歩いたのだ。

そして、あらかじめラルスに頼んで注文しておき、揚げたての料理を一気にシュウに食べさせたのである。

少し塩っ辛《から》いが、それもまた歩き疲れた若者にとっては絶妙なスパイスになっている。

別の皿には、サラが頼んだ一口サイズの唐揚げが載っている。サラはそれも小皿に取り分け、シュウと自分の前に置いた。

サラはこの唐揚げとトーストだけで自分の食事を済ませ、他はシュウに譲る。

目の前の鶏肉は、みるみるうちにシュウの口の中に収まっていった。

「いやー、幸せだった」

久々に好物をたらふく食べて、シュウの幸福感は最高潮《さいこうちょう》だった。

感激するシュウを見て、気のいい店主夫妻も大喜びで、デザートをサービスしてくれた。

午後も教会や住宅街などを散策した二人は、夕暮れ時に教会前の公園で一休みすることにした。

「サラ、今日はありがとう。楽しかった」

シュウが少し照れながら、サラに礼を言う。

「私も」

シュウの腕に自分の腕を絡《から》ませて、サラも伏し目がちに答えた。

「ねえ、シュウ君」

噴水広場の前でサラが急に立ち止まったので、二人は見つめ合う形になる。

「この世界に放り込まれた時、私一人だったら、きっと絶望で何も出来なかったと思う」

「うん」

「シュウ君がいたから今日まで生きてこられた」

「それは僕も一緒だよ。サラがいたから頑張れたんだ」

「ね。この六年――」

サラが決意を込めた瞳でシュウを見た。

その空気を誤魔化《ごまか》すようなシュウではなかったが、ただ、ずっと傍《そば》で暮らしてきた幼なじみとしての感情が、まだシュウに戸惑いを与えている。

「私はシュウ君の横にいることが目的だった。でも、ジルベルやクリステルが現れて、今まで通りじゃいられなくなった」

「うん」

ぎゅ。サラはシュウの胸に両腕を回し、痛いほどシュウを抱きしめた。

「これからは、幼なじみじゃない。わかってくれると……嬉しい」

シュウからはサラのつむじしか見えない。だが、どんな表情をしているのか、シュウにははっきりとわかった。

きっと、悲しいような、切ないような、不安な表情をしているはずだ。

「わかった。でもサラ――」

シュウは一つ、息を整えて続けた。

「こんな世界だ。ずるいかもしれないけど、僕たちには今、ジルベルもクリステルも必要だと思う。彼女たちがなぜ僕を気に入ってくれているのかはわからないけど、僕がサラを選んだことで彼女たちを失うわけにはいかないと思うんだ」

サラの肩が少し震えている。

「だから、いろんな事を決めるのには、もう少し時間が欲しい。わかってくれる？」

しばらくして、サラの頭がコクッと動いた。

シュウも優しくサラを抱きしめた。

真っ赤な夕日が教会の聖堂と、噴水公園と、二人の男女を染め上げていく。

「さ、帰ろう？」

顔を上げてシュウを正面から見つめたサラの目が赤かったのは、夕日のせいだけではないだろう。


サラとシュウにとって、邸宅が手に入った大きな利点の一つに、アイテムガジェットから、不要なアイテムを移すスペースが出来たことがあった。

普段使用する武器や防具、そして、予備にストックするものを除き、ほぼ大半はデッドストックになっている。これらを邸宅の物置に収納すれば、いずれ武器屋を開業した時に売りさばく商品になってくれるだろう。

さらに、二人がノイスバインで買い込んだ大量の書籍や魔術書の類も、読み終わったり覚えたりしたものは、屋敷の書庫に陳列《ちんれつ》できるのだ。

ラルスが商業ギルドで店舗の登録や人材の募集、そしてベンノーとアルマの修業を任せる武器屋への依頼を行っている間、二人は屋敷の物置や書庫で、こうした不要品の整理を行っていた。

　魔術書や百科事典といった書籍を一つひとつアイテムガジェットから取り出して書庫に並べる作業はとても楽しく、そしてへたり込むほどに重労働だった。

「こうしてみると本当に壮観ね」

　サラはへとへとになりながらも、奇妙な達成感に興奮していた。なぜか人間は、一揃えになっていくモノというのに愛着を感じるものだ。

　物置でも、取り出した武器防具を手当たり次第に格納《かくのう》していった。きちんとした整理は、そのうち使用人たちがやってくれるだろう。

　帰宅したラルスは、書庫と倉庫を見て危うく悲鳴を上げそうになった。

　こんな高額な宝物を大量に、しかもこれほど無防備に放置して、あの二人は私にどう守れと言うのだろう？

　なんらかの防犯策が緊急に必要だ。ラルスは頭を抱えてしまった。

　サラは、追い打ちをかけるように平然と言い放つ。

「なんかどうせなら、もう一セット魔術書を買いそろえて、きれいに並べてみたくない？　シュウ君」

もうやめてくれ……ラルスは心の中でうめいたのだった。

ホテル・レオナレルからラルスが引き抜いてきた子飼《こが》いたちは、非常に有能だった。同時に、ラルスに個人的に忠誠心を抱いている者が多いので、初日から組織として優秀に機能していた。

ラルスは、ホテルでは副支配人の一名だった腹心《ふくしん》に人事雇用に関する要点をしっかり伝達すると、指揮を任せた。

また、客室係のリーダーだった三十歳くらいの女性をメイド長に任命し、家事一切の指揮と教育を命じた。

副料理長だった男には、邸宅のまかないを任せた。空き時間には、これから入る新人メイドたちに、料理や配膳《はいぜん》など細かい実務を教えることになる。

後は工芸ギルドから、馬丁と庭師を受け入れることになるが、これも、ホテル時代の出入りの職人たちに、すでに色よい返事をもらっている。

さらに冒険者ギルドから常雇いで警備員を十名ほど雇い入れ、三交代で警護する手はずを整えた。

すべてが順調に進んでいたある日、ラルスは昼に訪ねてきた親友の、アロイス評議員の秘書ホラーツとの昼食を済ませると、暗い表情でシュウに相談を持ちかけた。

「シュウ様、お詫びとご報告がございます」

ラルスには、自分と子飼いの部下たちがいつ抜けても、ホテル・レオナレルが上手く回るように組織を育てて来たという矜持《きょうじ》があった。

ところが、上辺《うわべ》だけでしかものを見ないオーナーのイェルセンが、出て行ったラルスと新たにその主《あるじ》となったシュウを、想像以上に恨んでいるようだと、ホラーツが耳打ちしに来てくれたのだった。

今朝、アロイス評議員に、イェルセン自らが苦情を申し立てたらしい。

「当家の支配人ラルスが引き抜かれ、さらに部下も数名連れて行かれた。当ホテルはこの人事を認められないので、すべての人物の復帰を命ぜられたい」

アロイスは、この一件にホラーツが絡んでいることを報告されていたので、何とかしろと釘を刺したらしい。この場合の「何とかしろ」というのは、評議員に間違っても泥《どろ》がからないように手を打て、という意味になる。

イェルセンは、レジナレス南西のネカーゲムント王国で名を馳《は》せた、三代前のオルトラ大公の子孫らしい。当時の英傑《えいけつ》だった公が一代で築き上げた資産を、食い潰しながら生きているような人物だった。世間では物笑いのタネになっていることを自覚し、そのことに忸怩《じくじ》たる思いを抱いていた。

ホテル・レオナレルは歴史ある格調高い物件ではあるが、その評価は、オーナーの手腕ではなくラルスの名声で成り立っていた。そのラルスが抜けるということは、「オーナーと何かあったのか」という憶測《おくそく》を呼び、その噂に尾ひれが付いて、ひまな貴族たちの娯楽に発展していった。

となれば、これは損得ではなく、貴族としての面子の問題になる。

オルトラ公イェルセンは、面子をかけてシュウとラルスを潰しに来た。そのためにまずアロイスを抱き込もうとしたところ、ホラーツからこちらに情報が筒抜《つつぬ》けになったという訳だ。

「イェルセンは、退職した全職員の復職と、シュウの逮捕、および賠償《ばいしょう》を求めている」

サラは、心配そうにシュウとラルスの顔色を窺っている。

ラルスは焦燥《しょうそう》し、初めて見るような表情をしていた。

また揉め事になる。それでもシュウは、どんな悪名《あくみょう》を被《こうむ》ろうとも、仲間と自分を守るのだろう。ならば、せめて自分だけはシュウを妄信的《もうしんてき》でもいい、支えていこう。善悪などどうでもいい。サラはそう心に決めた。

「サラ、悪いけど、手持ちの金貨どのくらいある？」

シュウはサラに聞いた。

「残り一万五千ちょっとかな」

「一万枚もらっちゃっていい？」

「いいよ」

サラとシュウは、ラルスの目の前で、無造作にアイテムガジェットを開き、トレードモードで金貨の受け渡しを終える。

「午後は買い物だっけ？」

「うん、魔術書の在庫リストをカタジーナが作ってくれたから、足りないものを買い足そうと思って」

ああ、まだ買うんだなと、ラルスは苦笑してしまった。

ちなみに、カタジーナというのがラルスが連れてきたメイド長で、家財を修繕《レストア》してもらっている。

「あ……ごめんなさい」

サラはそんなラルスを見て、小さく笑って舌を出した。昨晩、ラルスに愚痴られていたのだ。

「いえ、サラ様。私の方こそ、出立前にこのような事態に巻き込んでしまい、申し訳ありません」

「とりあえず、サラ」

「うん」

「サラは買い物をお願い」

「わかった。ラルスさん、カタジーナさん借りてっていいですか？」

「お使いくださいませ」

「じゃ、行ってきます」

サラが退室すると、シュウは「ラルスさん、まずホテルの経営状態を教えてください」と、より現実的な打開案の検討に入った。

債務《さいむ》は、ホテルの動産を含め担保《たんぽ》にしたものが、国営銀行に金貨二千五百枚程度。商業ギルドに三人の債権者がいて、総額で三千枚ほど。そして今回問題になった、ある貴族から個人的にオルトラ公イェルセンが借りている借金が、二千枚程度ということになる。

次に、ホテルそのものの資産価値を値踏みする。

物件価値が金貨で五百枚程度。装飾絵画などの動産が金貨千枚程度。奴隷が十人で金貨百五十枚程度。合わせて、物件価値は千六百五十枚程度。

収入は、年間平均で、一日の売り上げが銀貨千八百枚。銀貨は百枚で金貨一枚の固定レートなので、大体金貨十八枚が一日の売り上げになる。

粗利《あらり》は六割で、残り四割が経費だ。

経費のうちほぼ半分以上が借入金利子と元本返済で、営業経費は全体の二割程度だという。

シュウたちはまず、個人的にイェルセンに金を貸している貴族に、面会を申し入れてみることにした。

その日の夕刻、その貴族は面会に応じてくれた。レイシラング伯セルマイエという、ネカーゲムント王国の貴族で、外務卿《がいむきょう》と共にこの国に駐留する外交官である。

個人的な関係により、イェルセンからの申し出を断れずに貸していたようだ。

レイシラング伯は、ホテル・レオナレルの収益から返済を受ける約定《やくじょう》になっている債権が、ラルスや他の有能な従業員の引き抜きによって滞《とどこお》ることを恐れ、直接イェルセンに苦情を言ったらしい。

ホテルの常連客でもある伯爵《はくしゃく》は、ラルスのことも知っているし、ホテルの内情も意外とよく掴んでいたようだ。

シュウは、大まかなところはラルスに交渉させ、伯爵からこの場の一括払いで、債権譲《じょう》渡《と》を引き出した。債権の残高は金貨千九百枚程度だったので、百枚ほど色をつけ、二千枚の即金で買い取ると言うと、とりっぱぐれを恐れるこの貴族は喜んで応じた。

次にその足で商業ギルドに赴《おもむ》く。

ギルドの長《おさ》に用件を伝えると、長は見習いの小僧をすぐに走らせ、債権者である二名の大商人を呼び寄せた。

債権者三名のうち、残る一人はギルド長自身だった。

シュウがトラブルを起こして申し訳ないと詫び、アロイス評議員に迷惑をかけないために自分がホテルの債権をすべて買い取りたいと言うと、情報がすでに入っていたのか、この三人も喜んで債権を譲渡してくれた。

ここでもシュウは、即金ですべての債権を買い取った。

商人たちは利に敏《さと》い。これほどの商談を即断するシュウとは、今後も縁《えん》があると踏んでいた。

結局、三人合わせて金貨三千二百枚ほどで、片が付いた。さらに、これらの債権を管理するために、シュウ商会をギルドのメンバーに加えることも決めた。

シュウはその出資金などの手続を済ませてホテルに戻ると、翌朝にはすべての必要書類を持って、ラルスがホラーツのもとに走り、債権移動の書類作業を終えていた。

債権の移動が終わり、証書の類も揃ったので、シュウは早速、オルトラ公イェルセンをアロイス評議員の公館に呼び出した。

この突然の呼び出しに、イェルセンは怒りに震えながらやってきた。

アロイス評議員に火の粉《こ》を振りかけないでこの一件を終わらせるため、ホラーツはすべての責を負う覚悟でこの場に臨《のぞ》んでいる。

「ホラーツ殿、いきなりの出頭令とは、どのような用件か?」

「ご足労いただき恐縮です。殿下《でんか》」

「はじめまして。新しくラルスの主となった、シュウ商会の、シュウです」

フン、イェルセンは鼻を鳴らし白眼《はくがん》で答えた。

「そして今、殿下とは、新しい債権者の一人として、お会いしています」

イェルセンの目の前には、自分が借り散らかし、支払いをすべてホテルに付け替えていた借金の証書が、一揃えになって置かれていた。

「昨日のうちに僕が、あなたの債務を債権者からすべて購入してきました。そこで今日は、これらの債権とホテルの現在の資産価値を見直し、返済計画についてのご相談をさせてもらいたいと思って、お呼びしたんです」

シュウは微笑んだ。

「ここには総計、金貨五千百枚分の債権があります。他にも、聞けば銀行に二千五百枚の債務があるそうですね。僕は、あなたの支払い能力に疑問を感じます。よって、この債務の回収を宣言しようかと考えています」

「何っ！」

イェルセンは青ざめた。

もともとホテルは債務超過の状況である。この債権の回収を宣言されると、途端にホテルの経営は破綻《はたん》し、ホテルは銀行に差し押さえられ最も安い査定額《さていがく》で買いたたかれ、超過分の債務だけが自分に残るという状況になる。

「それに実は、評議員の皆さんの許可が出たら、銀行の持つホテルの債権も個人的に買い取るつもりです」

シュウはさらに酷薄な笑顔を浮かべて、イェルセンを追い詰める。

「そうなると、払い切れない債権を、あなたの公国の収入から差し押さえ、返済してもらうことになりますね。無論それでも足りない場合は、あなたが仕えるネカーゲムント王国から、残債を徴収させてもらいます」

「ばかめ、お前一匹でネカーゲムントと争いでも起こすつもりか？　小僧」

イェルセンのその発言に反応したのは、シュウではなくホラーツだった。ホラーツは怜《れい》悧《り》で無表情な顔を、イェルセンに向ける。

「殿下。今のご発言は、神聖ネカスタイネルの評議員秘書の立場でお聞きすべきものでしょうか？」

「う、い、いや」

「それでは、商業ギルド所属の商店主に向けられた言葉でしょうか？」

商業ギルドに借りた金を踏み倒せば、その王国の商業は息絶える。貴族が貴族として体面を保っていられるのは、その義務と責任を果たしている間だけなのだ。

そして、商工ギルドは今朝、評議員五名による採決を依頼していた。

国営銀行の債権の譲渡依頼である。

国政を担当する者たちにとっては、一ホテルの債権譲渡など、さしたる問題ではない。聞けば、債権を欲しがっている商会は、すでに金貨五千百枚分の債権を集めている。債権者筆頭《ひっとう》である。

であれば、回収が面倒な貴族の経営するホテルの債権などは、欲しがる者に売ってしまえばよいのだ。

それに……今朝、ある筋からの情報が、五人の評議員にもたらされた。

「シュウ殿、採決が下りました。国営銀行はシュウ商会に物件担保付の債権『金貨二千五百枚』分、売却することになりました」

「き、きさまベーゼルス、私を売ったか！」

商工ギルドの長の顔を見て、イェルセンは激昂《げきこう》して怒鳴り上げた。

「ええ、私は商人でございますれば」

しれっと、ギルドの長は答える。

ものの数分で、国営銀行の証文《しょうもん》はシュウ商会の持ち物となった。

「さて、これで僕の商会は、あなたのホテルに金貨七千六百枚の貸し付けを持つことになりました。調べたところ、この債権のうち三千枚分、金利のみで元本の返済がない状態が、およそ五年以上続いています。そこで、今回全債権を一つの契約にまとめて、あなたが神聖ネカスタイネル国で持っている全資産を差し押さえます」

「な……!?」

「差し押さえた物件のうち、ホテルは担保物件として、僕の商会で引き取らせてもらいます。査定額は、評議員の皆さんにお任せします。さらにあなたが持っている国内資産は、評議員の皆さんの指示に従い、後日競売にかけることにします」

「……」

「そして、あなたの国より残価の支払いが完了するまで、殿下を契約不履行《ふりこう》として評議員に訴え、身柄《みがら》を拘束させてもらいます」

「そ、そのようなことが出来るものか！」

冷淡に言い切るシュウを睨み、イェルセンは笑った。

「簡単なことですよ。金貨七千六百枚、この場で払えるのならこのお話は終わりです」

「フンッ」

「では仕方ないですね」

隣の部屋でこの経緯をすべて聞いていた評議員たちは、ほぼ事前の報告通りだったことを確認し、悪質な又借《またが》りをしていたイェルセンを質に取り、ネカーゲムント王国に事態の収拾を依頼した。

今朝の会議に先立ち、同僚のレイシラング伯から報告を受けていたネカーゲムント王国の外務卿は評議員公館に出頭済だった。というより、同じく隣室で聞いていたので話は即決着し、シュウに与えられるホテルと奴隷以外は、ネカーゲムント王国が弁済《べんさい》することとなった。

これで、イェルセンの脅迫《きょうはく》に端を発したこの一件は解決し、シュウ商会は後日、晴れてホテルを手に入れることになった。

シュウはここまでを済ませると、ハイエルフの故郷への旅に急いで出かけたので、それからの話はすべてラルスから後日聞くことになる。

まず、イェルセンがネカスタイネル国に拘束されることはなかった。

ネカーゲムント王国は、ネカスタイネルから金貨六千枚を有利子で借入。差し押さえられたイェルセンの私財を買い戻したり、シュウ商会への債務返済に充《あ》てた。

評議会は、ホテルの物件評価を二千枚とした。残金の五千六百枚は、この決定の翌日、ネカーゲムント王国からシュウ商会へと振り込まれた。

イェルセンは、ネカーゲムント王国に連行され、そのまま幽閉《ゆうへい》されたらしい。オルトラ公国は三代を経て再び、ネカーゲムント王国に併合《へいごう》されることになった。

シュウは上手く彼ら貴族と評議員の間を渡り歩いていたつもりだったが、ネカーゲムント、ネカスタイネル両国の得た実益を考えると、腹芸のしたたかさは、彼らの方が何枚も上手だったということになる。

今回は結果として、イェルセンとその家臣以外、誰も不利益を被らなかっただけのことだ。彼らのような権力者が、いつシュウにその牙《きば》を向けるのか、危険は常に覚悟する必要があった。

旅立つ前、今回の件について目を真っ赤に腫《は》らし詫びるラルスに、シュウは淡々と言った。

「ラルスさん、金は、ただの金です」

だが、シュウほど純粋でないラルスはいやというほど知っていたのだ。

「その金で、古今多数の人間が死んできました。人間同士で殺し合ってきたのです」

「金が殺してるんじゃないですよ。人が、人を殺すんです」

――後は全部任せます。

シュウがそう頼むと、ラルスは頭を下げた。

「お気をつけて、行ってらっしゃいませ」

留守は私が、命に代えても。その言葉は音にはしなかった。

こうしてレオナレルでの雑事をラルスに一任し、シュウは、カトヤとクリステルの故郷、ネクアーエルツの大森林に向かうことにした。

5

数日前、「わしとクリステルを故郷に連れて行って欲しい」とカトヤに頼まれ、とりあえず一行は了承していた。

レオナレルからは、北に馬車で十五日くらいかかるらしい。

旅のための荷造りを終えると、今回も二台の馬車に分乗しての出立となった。

馬車は、例の山賊からの鹵獲《ろかく》品の馬車を売り、工芸ギルドにあった中古の箱馬車を購入した。

冒険者ギルドに御者や護衛を頼もうかとも考えたが、カトヤによると、エルフの里は隠れ里なので、余計な人員は連れて行けないらしい。そこでシュウ、サラ、ジルベル、カトヤ、クリステルの五名で行くことにした。

カトヤはサラとジルベルの同行にも難色《なんしょく》を示していたのだが、「それなら僕たちは森に入らないので、カトヤさんとクリステルさんだけで行ってきてください」とシュウが応じたので、やむなく認めることになった。

シュウには詳しくは話していないが、カトヤとクリステルにとっては、シュウを里に――正確には『世界樹』の前に――連れて行くことこそが本来の目的なので、自分たちだけでは旅自体が無意味になってしまうのである。

旅行四日目。神聖ネカスタイネルの北部国境の村、マローレンに到着した一行は、舗装された街道を行く楽な旅路がここまでということもあって、日の高いうちに着いたものの、すでに宿屋でくつろいでいた。

明日は早朝から国境を越え、途中からは野宿も必要な旅程になる。

シュウが風呂から部屋に戻ると、二人で入浴した後のサラとジルベルがいた。今は、エルフの祖母と孫娘が入浴中らしい。

ふとシュウは、今まで気になっていたことをジルベルに尋ねてみた。

「ねえ、ジルベルはなんで、完全に人に化けられるの？」

「どういう意味かの？」

「ほら、よくあるじゃない。こう、頭の上に耳があったり、しっぽがあったり」

「ああ、そういうことか。耳もしっぽも付けようと思えば付けられるがの」

そう言うと、ジルベルの頭にはぴょこっと動く狼の耳が、そして尻からは、立派な銀色のしっぽが現れた。

「へえー」

だが、すぐにそれらを消し去り、またジルベルは普通の人間の姿に戻った。

「そもそも、人の中で姿を紛らわすために変化《へんげ》をしておるというに、なぜわざわざ耳だのしっぽだのを出さねばならぬのか、わからぬわ」

「ああ、それはそうかな？　そういうのが人気のある国もあるんだけどね……」

シュウは、その当たり前すぎる理屈に苦笑した。

「でもそういう姿を取ったということは、耳やしっぽのある人間っぽい種族もいるってこと？」

「いるな。大陸の南の方に、獣人族とやらがいる」

「やっぱりそうなのか」

レジナレス・ワールドのキャラクターには、獣人がいたので、こちらの世界にいないのは不思議だと思っていたのだ。

「冒険者などの中にもいるようだの。あやつらは体が丈夫だからの」

「なるほどね」

「ところでシュウよ。変化ということであれば、我はこうした姿も取れるぞ？」

ジルベルは服を脱ぐと、通常の狼よりさらに小さい、まるでぬいぐるみのようなサイズの狼になり、ベッドに腰掛けているシュウの膝の上に乗って丸くなった。

そして、しっぽをぱたぱたと振りながら、シュウの膝を撫で回す。

ついついシュウは背中を撫でてしまったが、よくよく考えると、これはあの巨大な銀魔狼なのだ。とてもそうは思えない。

「ジルベル、そっちの方がよっぽどいいわよ。もうずっとその姿でいなさいよ」

サラは皮肉ではなく本心から、ジルベルに向かってそう言っている。

どちらかと言うと、かわいくて仕方がないと思っているのは、シュウよりサラの方なのかもしれない。

「まあそうも行かぬわ。それに、この姿でしゃべっておったら、他人におかしく思われよう」

ジルベルはそう言うと、そのままの姿勢で人化《じんか》をした。

当然先ほど脱いだワンピースは足下にあるので、ジルベルは全裸。シュウの膝の上に横座りをして、両手でシュウの首を色っぽく抱いている。

「ばかっ！　とっとと服を着なさい！」

怒ったサラは、ジルベルにそのワンピースを投げつけたのだった。

しかし結局、頭の上の耳にせよ、小型化にせよ、ツボに入ったのはやはりサラの方だった。

その後時折、サラはジルベルに「幼女姿で耳を出して触らせろ」だの「ぬいぐるみになって抱かせろ」などと要求したりするのだが、それはまあ、ここでは置いておこう。

北に向かって十一日目でやっと、北進する街道からずいぶん深い森が見えるようになってきた。この先がエルフの暮らすネクアーエルツの大森林になる。

街道が徐々に東に曲がり出した。

そして、森に向かう轍《わだち》が見え始める。この日は前もって、先導する馬車の御者をクリステルが務めていたので、迷わず森に入れた。

森の中は、なんらかの結界が張られているのだろうと思っていたが、そうでもないようだ。

クリステルによると、まだこの森を数日かけて進まなければならず、このあたりにはエルフの集落はないとのことだった。

途中、木々の隙間《すきま》が少し拓《ひら》けた川沿いの広場があった。クリステルは、「今日はここで泊まりましょう」と言って、馬車を停めた。

馬たちを馬車から解放し、川辺で水を飲ませてやる。

二台の馬車には、それぞれカトヤとクリステル、シュウとサラが分乗し、布団で休息を取っている。

この一行には、基本的に火の番も不寝番も必要ない。

夜はジルベルが、大型犬程度のサイズで銀魔狼の姿になって、馬車の間で眠っている。

小物の獣程度ではまず、その姿を見ただけで怯えて去るし、魔獣が群れをなして近付くと、ジルベルが咆吼《ほうこう》を上げるので、結局、襲われることはなかった。

むしろ、この先の集落に暮らすエルフたちの方が、銀魔狼の咆吼を聞きつけ、警戒を強めていた。

その日の夜半。警戒のため斥候に出ていたエルフが、二台の馬車の間で眠る一頭の銀魔狼を発見した。合図のため、鏑矢《かぶらや》に炎の魔法を乗せ、上空に放つ。

その音を聞いて、カトヤが馬車から降りてきた。

「わしらがおることを感じておらんかったのか？」

不機嫌そうに言うカトヤ。

矢を射たエルフの若者は、突然ハイエルフが車内から現れたことに混乱して慌てた。

「い、いえしかし。ここに銀魔狼が……」

「訳あって一緒に旅しておる。ともかく、間違っても、集まった者らに手出しはさせるな」

「わ、わかりました」

鏑矢の音に驚き興奮した馬たちをなだめると、カトヤはジルベルに、人化をしてくれと頼む。

ジルベルは人化をし、馬車にかけてあったワンピースを着て、馬車の屋根に乗り寝ころんだ。

集まってきたエルフたちのリーダーは、カトヤと面識があったらしい。とにかく、翌朝の出立までもう一休みしたいとだけカトヤは告げ、馬車に戻ってしまった。

エルフたちはやむなく、数人の男たちを残し、村に引き返していった。

そして翌日の昼に、馬車は彼らの村に到着した。

御者の二名のハイエルフ——カトヤとクリステルは、すでに村人の知った顔だった。

「はじめまして。僕はシュウ。こちらはサラ、そして、ジルベルです。ジルベルは銀魔狼ですが、僕の命の恩人でもあり、望まれて一緒に旅をしています」

二人に招かれ馬車を出たシュウは、村長に事情を説明した。

立入を認められていない人間が森に入るだけでもかなりの嫌悪感を持つエルフだが、二人のハイエルフと同行している以上、通過させざるを得ない。

ひとまずは安全のため、各所に先触《さきぶ》れを出すことで、エルフの村長は話をまとめた。

カトヤたちはいくつかの会話を簡単に交わすと、そのまま馬車に戻り、御者席に座った。

カトヤの操る馬車が前、クリステルの馬車が後ろだ。

「では頼みましたぞ」

カトヤはそう言い残し、一行は再び出発した。

ネクアーエルツの大森林に入ること三日目。一行は、ついにハイエルフの氏族が暮らす集落にたどり着いた。

林立する木々がやがて拓《ひら》け、目の前に壮大な一本の老木が現れる。

「世界樹……」

ジルベルが物珍しそうにその樹を見上げて呟いた。

「へえ、あれが?」

サラも同様の表情をしている。

レジナレス・ワールドのプレイ中も、幾度か噂を聞いていたが、たどり着いたプレイヤーはまだいなかったはずだ。

ゲームシナリオのかなり終盤《しゅうばん》のイベントの一つだし、そもそもプレイキャラクターとしてエルフを選択していても、ハイエルフの村には入れないと聞いたことがある。

「なんだか、やたらまぶしい樹だね」

シュウは所狭しと立ち並ぶ周囲の木々の中、一本だけ高くそびえるその樹が、ずいぶんまばゆい光を発していることに感動した。

そして樹の周りを、日中であるにもかかわらず、蛍のような淡い緑光が楽しげに飛び回ってるのを、不思議な思いで見ていた。

「あの周りに飛んでるのって、蛍?」

シュウは、ハイエルフの二人、カトヤとクリステルを交互に見て尋ねた。

「え? そんなの私には見えないよ?」

サラが不思議そうに言った。

「皆には見えてるの?」

「うむ。我には見える」

ジルベルは首肯した。ハイエルフの二人もそれぞれうなずく。

「……さて、まずは旅装を解くとするか」

カトヤは一軒の大きな木造の家屋へと一行を導いた。


カトヤとクリステルが帰った。それも人間と、事もあろうに魔獣を連れて。それは保守的で閉鎖的《へいさてき》なハイエルフにとって、非常に迷惑な事象だった。

この世界の精神世界で圧倒的な頂点に君臨するハイエルフだが、その性《さが》は人間から見れば高慢《こうまん》で、怠惰《たいだ》で、非友好的だった。

六十年も生きれば幸せな人間族に比べ、エルフは寿命が長い。それでも普通のエルフはまだ、性格的には享楽的《きょうらくてき》な面もあるし、知的好奇心は強い。

だが、ハイエルフとなると違ってくる。

まず滅多《めった》に世界樹の結界から出ようとせず、出たとしても人間に関わろうとはしない。人間界に長く住んでいるカトヤでさえ、その傾向があった。

クリステルも、もし助けたのがシュウでなければ、感謝以上の感情を抱いたかどうかわからない。

カトヤとクリステルがシュウに関心を持ったのは、どうやら、サラには見えない世界樹の光が見えることと関係があるようだった。

カトヤが宿として案内してくれた木造の家屋は、古びてはいるが意外と作りがよく、しっかりと手入れがされていた。

裏手の馬柵付きの庭に四頭の馬を放すと、一行は屋内に入り、旅の埃を払い落とす。

そこに、一人の老いたハイエルフがやってきた。

「カトヤ、久しいな」

「グイード様。長らく無沙汰を致しました」

「クリステルも、よく戻った」

「ご無礼を致しました」

ハイエルフの二人は、床に片膝を突いてその老エルフに敬礼をした。

「面《おもて》を上げよ。早速だが、客人を紹介してもらおうか」

威厳の中にもどことなく愛情を感じさせていたその老人は、一転して、値踏みをするような瞳で残りの一同を見やった。

ここにいるエルフ以外は知らぬことだが、この村にハイエルフ以外の者が立ち入るということは、この五百年、ないことだった。

それは、ハイエルフが排他的《はいたてき》であるという理由だけではない。

彼らハイエルフという種族がこの世界に生まれた使命として——彼らはそう信じている——世界樹を守護するため、徹底した秘密主義を取っていることがその最大の理由なのだ。

「では、まずこちらがサラ殿。人間族の女性です。次に銀魔狼のジルベル殿。そして人間族のシュウ殿。シュウ殿は、ジルベル殿の名付け親です」

「ほう、まだ年若そうな少年であるのに、銀魔狼に名を与えるほどか」

老エルフは、若干異なる視線をシュウに向けた。それは、好意というよりはほんの好奇心なのであろう。

「儂《わし》はこの地の長、グイードという。カトヤの客人として迎えよう」

グイードが先導し、一同は世界樹の根元に案内された。

途中、ハイエルフとは一人も出会わなかった。皆、シュウたちと接触するのを避けている様子だった。

世界樹の根元には、一人のとても美しいハイエルフの青年が立っていた。彼は怨敵《おんてき》を見るかのような視線を、ただ一人シュウに向けている。

「これがお前が選んできた人間か？　クリステル」

少々甲高《かんだか》いが、容姿に違《たが》わぬ美しい声だ。

「お久しぶり、ザフィア。この方はシュウさま。わたしの主様です」

「くっくっく」

こらえきれず、カトヤが笑った。

「お久しぶりです、おばば様。何やらわたしが笑われているようですが、何がそんなにおかしいのでしょう？」

ザフィアと呼ばれた青年は、容姿より幾分幼いように思われる口調で、笑うカトヤに非難めいた口調で問いかける。

「いやいや、まるで好いた女子《おなご》を奪われた間抜け男のようではないか、ザフィア」

「おやめください、おばば様……まあいいでしょう。シュウとやら、せいぜい、クリステルの顔に泥を塗らぬ程度の成果を見せて欲しいものだな」

再びザフィアは激しくシュウを睨みつける。

なんか嫌われてるなあ、とシュウは思った。いや、それよりも。

「成果？」

シュウが聞き返す。

「成果って、なんですか？」

「すまない、シュウ殿」

カトヤが詫びた。クリステルも慎《つつし》み深く、詫びのため、片膝を地面に突けて頭を下げる。

「わたくしたちはシュウさまに、この世界樹の導きを受けてもらいたくて、ここにお連れしたのです」

「世界樹については、エルフたちに対しても、これまで秘中《ひちゅう》の秘とされてきた。そのため、前もってシュウ殿たちにお伝えすることは出来なんだのだ」

カトヤとクリステルは、これから行う『導き』について、一同に説明を始めた。

世界樹は、この世界に住む者たちの魔力や精神力を測り、その者に祝福を与える。話を聞く限り、その祝福というのはどうも、『精霊の加護』と人間が呼ぶ類の性質のものらしい。

たとえば、世界樹の周囲にあるハイエルフの里に生まれたものは、ほとんど例外なくハイエルフであるが、時折、その周囲に広がるエルフの里にも、とてつもない才能を秘めて生まれてくる者がいる。

そうした者が成人し、世界樹の導きを与えられた瞬間に、ハイエルフに変わってしまうこともあるらしい。それほど大きな変化をもたらすことがあるのだ。

まれに、人間であってもこの導きによって変化を受ける者がいる。具体的には、不老不死に近い生命力を得たり、とてつもない精霊加護によって、神業《かみわざ》に近い魔法の奇跡を生み出したり。

だがある時、その事実を知った欲深き者たちが、この世界樹を我が物にしようとエルフたちを狩り、ハイエルフと戦争を起こした。

その結果、この里は結界で隔離《かくり》され、エルフたちが暮らす村でさえも、通常の人間は立ち入ることが出来なくなったということだ。

伝承によると、エルフたちが祝福を受けた時に比べ、人間族の場合は、その導きに大きな差異があるようだった。恐ろしく強大な力を得る者がいる一方、全くなんの導きも得られない者も多数に上《のぼ》ったという。

「ところでサラさま」

「……えっ？」

ハイエルフたちが語るおとぎ話のような伝承に聞き入っていたサラは、クリステルの呼びかけに一瞬遅れて答えた。

「サラさまも、よろしければ、導きをお受けになられてはいかがでしょう？」

クリステルは、首輪の件で自身の命を救われた礼をいつかしたいと思っていた。

もしサラがなんらかの導きを得られるとしたら、それに勝る恩返しはないし、別にダメでもともとなのである。伝承では、魔術を深く身に付けた人間にとっては、世界樹の導きはあまり得るものがないとされていた。

「わたくしたちが物心ついてからは、一度も人間の導きはありませんでした。ですので具体的にはわかりませんが、少なくとも、受けたからといって特別に不利益になることはないようです」

「そうかぁ。じゃあ、お願いします」

「では、始めようか」

グイード老が二人を招いて、木の幹《みき》に右手を触れるように指示した。

「……これは！」

グイードは、いや、周囲のハイエルフは全員、目を見開いた。恐ろしい数の妖精たちが、シュウとサラの周りを祝福するように飛んでいる。

妖精の姿がなぜか見えるシュウは、その光景に魅入っている。見えないサラも、なぜか心が湧き立つような気持ちがした。

「シュウ殿だけでなく、サラ殿もか！」

カトヤは驚いていた。

この里を離れ数百年、カトヤは、ある資質を持った人間を探していた。

周囲のハイエルフたちでさえ気付いていないが、世界樹の立つ地脈が衰えを見せ、徐々にこの地への祝福が弱まってきている。すぐどうこうなるわけではあるまいが、それでも、未来のいつか、この世界樹は枯れていくことになるのだろう。

だが、命は巡る。

その種子に選ばれる「守護者」を、カトヤは求めていた。

一族の者にも言えぬ秘密。

保守的な一族にあって、下界に出たがるようなふしだらな女は、血族であっても白眼視される。腹の立つ仕打ちも受けた。悔《くや》しい思いも数え切れない。実の娘からもそうした言葉を浴びせられ、ついにカトヤは、里に帰ることさえなくなっていたのだ。

今日もカトヤとクリステルを出迎えたのは、グイードを除けば、ここにいるザフィアのみだった。

「うわっ！」

「きゃっ！」

触れていた二人の右手を何かが引っ張る。

シュウとサラは、まるで樹に捕食《ほしょく》されるように幹に吸い込まれていく。

「ちっ！」

とっさに動いたのはジルベルだった。

サラとシュウの伸ばす左手をつかみ、引きずり出そうと力をこめる。

「おやめください、ジルベルさま！」

クリステルがそれをやめさせようと、ジルベルの腰を両手で抱え、引きはがそうとした。

その瞬間——。

四人の姿は幹から溢れ出す光の中に消えてしまった。

◇◆◇

「久しぶりですね、クリステル」

眩惑《げんわく》が収まると、クリステルの目の前には、かつて成人の儀式の時に一度だけ出会った、世界樹を守護する妖精の女王が立っていた。

この女王はクリステルの導きの守護者でもある。

クリステルは膝を突き拝礼《はいれい》した。

「よき者たちを連れてきたようですね……感謝いたします」

女王はクリステルの頭に手を当て、心から感謝の言葉を紡いだ。そして、傍らに倒れるジルベルを助け起こす。

「人に名を与えられし獣、ジルベルよ」

「なんだ」

ジルベルもやっと視力が戻ったのだろう。薄くまぶたを開き、自分を抱える女に返事した。

「貴女はなぜ、あの少年に惹《ひ》かれているのですか?」

「知らんわ。だが、我に釣り合うオスなど久方ぶりに出会った。欲するがメスの性《さが》というものであろう?」

「ふふ、そうでしょうね。であれば、貴女はさらなる力を求めねばならなくなるでしょう」

「なぜだ?」

ジルベルは、うめくように問いかける。

自身の強さには絶対の自信を持っているジルベルだったが、この得体の知れない女は確かに、争えば自分より強いだろう。そうした野生の恐怖が、ジルベルの行動を抑制している。

「あの少年は、世界樹の守護者に選ばれました。かつて私が、この世界樹を守護した男を護ったように、今度は貴女が、あの少年を護ることになるのでしょう」

「護らねばならんことになると言うのか？」

「それは誰にもわかりません。ですが、貴女にはまだ、力が足りません」

妖精の女王は、優しくも恐ろしい笑みを浮かべて、ジルベルの瞳をのぞき込んだ。

「もし貴女があの少年を護りたいと心から望むのなら、その力を欲するのなら、誇りを捨て、私に跪《ひざまず》き、そして願いなさい」

◇◆◇

サラの目の前には、背中から美しい羽根を生やした青白色《せいはくしょく》の妖精が浮かんでいた。

幼い容姿だが、どこかしら冒《おか》しがたい威厳さえ感じる。なのに気まぐれで、浮薄《ふはく》そうないたずら好きの表情をしている。

「ねえ」

妖精は我慢しきれないといった表情で、サラに話しかけてきた。

「あなた、だあれ？」

「え、えっと、サラです」

「そう。あたしは、ウンディーネ」

偉大なる水の精。サラは思った。それにしては……。

「あー、今ちょっと失礼なこと考えてる？」

ぷくっと、目の前の妖精――ウンディーネはふくれた。なんてかわいいのかしら。

「ごめんなさい。あまりに見た目がかわいいから、つい……」

「もう……じゃあ許してあげる。ところでサラ、あなたってずいぶんいっぱい魔法を覚えてるのね」

「うん、もともとは聖騎士《ホーリー・ナイト》だったから……」

「でもあたしたち、人の子の魔法、嫌いなのよ」

「えっ？」

「あのね、サラ。ここにサラが呼ばれて、あたしはサラを選ぼうと思ったの。でも、サラもあたしを選ぶなら、サラは今ある魔法、全部捨てなきゃならないの。出来る？」

「え……」

「もしサラが、魔法を捨ててあたしを選ぶんだったら、あたしもサラを選んであげるよ」

ウンディーネが話してくれたのは、サラと彼女の契約の話だった。

精霊との契約。本来はエルフのみにしか為し得ない秘術だ。

まれに、精霊の気まぐれによって祝福を得る人間もいるが、必ずしも高位の精霊と契約できるとは限らない。

ウンディーネが語る彼女との契約の果実は、強大なものだった。それこそ、今あるすべての魔法を捨ててもあまりあるもの。

だがサラは迷った。

今でもサラの持つ魔法は強力なのだ。それをすべて捨て、一から新たな魔法を身に付けることは本当に出来るのだろうか？

サラは率直に、ウンディーネに尋ねてみた。

ウンディーネは笑う。

「なんだ、そんなこと」

子供っぽく笑うと、彼女は言った。

「全部教えてあげる。サラなら大丈夫」

「わかった。じゃあ、お願い」

サラは頭を下げた。

「サラよ。我が名において、あなたに契約を授《さず》けます」

ウンディーネはいつの間にか、美しい成熟した女性の姿に変わっていた。

「サラ、ここに寝なさい」

ウンディーネはサラを優しく横たえると、顔をのぞき込んで言った。

「あなたの体にはこれから、爪の先まですべて、私との契約が刻《きざ》まれます。特に、あなたの頭の中にある人の子の魔法は、私の契約と相克《そうこく》を起こし、ひどい苦痛を伴うでしょう。最後にもう一度聞きます。あなたはこの苦痛に打ち勝ち、私を受け入れることが出来ますか？」

ウンディーネは、横たわるサラの右手を優しく両手で包んで、静かにそう尋ねてきた。

「私からも最後に聞いていい？」

「うん」

ウンディーネは、小さな妖精の姿だった時の、あのやんちゃな瞳そのままでサラを見つめている。

「私の今日までの魔法とか、全部捨てても、あなたと契約をした方が強くなれるのよね？」

「うん」

「あなたと契約したら、私は、シュウ君をしっかり護っていけるようになるのよね？」

「約束しますサラ。それはまた、私の願いでもありますから」

「お願いします、ウンディーネ」

「はい。サラ、覚悟はいいですね？　我、水の一柱たるウンディーネの名において、汝《なんじ》、サラ・ヨハンセン・トミナガとの間に、契約を結びます」

灼《や》けるような痛みだった。サラの全身が、何かによって書き換えられていく。

だが、頭蓋骨《ずがいこつ》の中で起こっている激しい痛みは、体の痛みなどとは比較にならないものだった。

サラの体は苦痛から逃れたいがためにもがき、痙攣《けいれん》し、硬直し、本人の意思から離れたように暴れ回った。あまりの苦痛に、サラは悲鳴も、うめき声さえも漏らせない。早くこの苦しみから解放されたい、それだけを祈っていた。

彼女の脳から、今日まで必死で覚えたすべての呪文が灼《や》き消されていく。

薄れゆくサラの意識に、まるで遠くからささやかれているような優しいウンディーネの声が聞こえた。

「サラ、終わりましたよ――」

◇◆◇

サラがウンディーネとの契約を終えるのと同じ頃、誰にも従うことのなかった誇り高き魔獣も今、激しい苦痛に身を灼《や》かれていた。

ジルベルはあの恐ろしい女王――シルフに、屈辱《くつじょく》をこらえ頭を下げた。

シュウを護る力を欲したのだ。

シルフは自分と契約をすれば、「世界樹の守護者」を護るに足りる力を得ることが出来る、と言った。だが魔獣であるジルベルにとって、それは激しい変革を強いることになる。

ジルベルは迷わなかった。

今自分が感じているこの女への恐怖。それが「シュウを護りきれない」というシルフの言葉を裏付けていることに、ジルベルは気付いている。

野生に生まれ、強い魔力に洗われることで銀魔狼に変化《へんげ》した。

それからはずっと孤高に生きてきた。

ある夜、すさまじい精気を放つ少年が、踊るようにオーガの命をむさぼるのをたまたま見かけた。

彼の戦いは美しかった。劣勢《れっせい》を覆《くつがえ》し、たった一人で二十匹以上ものオーガを狩っていた。

彼がすべてのオーガを切り裂きながらも、力尽きて倒れ込み、瀕死《ひんし》のオーガの反撃に命を奪われそうになった時、激しい所有欲が湧き出てきた。

──あのオスが欲しい。

それは銀魔狼に変化してから、ジルベルが初めて感じた種類の欲望だった。

だからジルベルは彼の血を啜《すす》り、己が血を彼に与えた。

己が命を与え、彼の寿命を長らえさせようとも思っていた。そのために自分の寿命が半減しようが構わない。

孤高の銀魔狼は、その孤独を埋めてくれるような半身に、初めて出会ったような気がしていた。互いの傍《かたわ》らで生きていきたい。そのために、得られるものならばなんでも得たい。

自分より強きものに屈する。

これまで誇りのみで孤独に耐えてきたジルベルにとって、それは、死ぬよりつらい苦痛だった。

だがその屈辱の中でジルベルは、改めてシュウという存在と向かい合う。

銀魔狼の肉体が限界を迎える。もはや人化を保つことが出来なくなったジルベルは、身に着けていた衣服の中で、一匹の獣の姿に戻っていた。

やがて、人間の服の中で苦痛にうごめく彼女が静かになった。

「よく耐え抜きました。ジルベル」

シルフは、服の中から小さく丸まっていたジルベルを取り出し、抱きかかえた。

そして自らの膝の上に乗せると、その背中を優しく撫でる。

ジルベルの姿は、濃銀《のうぎん》から純白の美しい毛並みに変化していた。

◇◆◇

シルフがジルベルに契約の試練を授けている頃、クリステルも、一柱の精霊から試練を受けていた。

クリステルはすでに、シルフの眷属《けんぞく》である風の妖精と、成人の日の儀式で契約していた。

だが、この目の前の精霊――サラマンダーが、先ほどシルフに「この娘をくれ」と声をかけていたのである。

シルフはジルベルと契約を結ぶことに決めていたので、二言なくクリステルの契約を解除した。

エルフ族は一般に、サラマンダーとの契約を好まない。

激しい破壊と衝動の化身である炎の精霊。その姿は燃えさかる竜に似て、その炎は、焼け落ちた灰さえもさらに灼き尽くす。

それらの性質を、ハイエルフは特に好まなかった。

だが——。

ハイエルフの村を飛び出し、人の世界を旅した彼女は、山賊たちに奴隷として捕らえられるというひどい屈辱を受け、その精神を強く成長させていた。

そもそも、ハイエルフの村でも、もはや理解されにくい存在に堕《お》ちているのだ。

——たとえそれが、世界樹を護るための偽装《ぎそう》であったとしても。

祖母と同じように、ふしだらな娘。エルフの世界ではそう言われ続けていくのだ。

だからこそ、彼女は自らの伴侶にシュウを選んだ。

クリステルを見るシュウの目には、彼女を蔑《さげす》んだり哀れんだりする光はなかった。

自らの威厳と、純潔《じゅんけつ》と、生命《いのち》を救い出してくれた少年。その強い精気と精神の光に、クリステルはあっという間に魅せられてしまった。

すでに人間の女と銀魔狼が彼に寄り添っていることを知ってもなお、ハイエルフという肉欲に欠ける、生命としては欠陥品に近い長命種の娘は、生まれて初めて男性を欲した。

どのような形でも構わなかった。この少年と共に生きたい。

それは、ハイエルフにしては珍しい情動だった。

今、銀魔狼には風の、人間の娘には水の精霊の持つ最大、最強の加護が受け継がれているだろう。

であれば、自分がこの炎の精霊を受け入れ昇華《しょうか》させて初めて、対等な立場に並ぶことを許されるのだ。

炎の精霊との契約は、まさに命とこの身を灼き尽くすような肉体の変化をクリステルに与えていた。歯を食いしばり、必死でそれを受け入れる。長年風の精霊の契約を宿していたことで、さらに苦痛が増している。

だが、彼女は迷わなかった。

燃えさかる炎に漂うような幻覚のなか、クリステルは、自分の肉体と精神がサラマンダーを完全に受け入れられたことを悟り、安堵《あんど》して意識を手放した。

◇◆◇

「よく来てくれた、シュウよ」

「はあ、はじめまして」

目の前の老人に、ぺこりとシュウは頭を下げる。

「あの、どちらさまでしょう？」

「私は、この樹だ」

やはりか、シュウは何となくそうだと思っていた。

「そなたの妻たちは、試練を乗り越えたようだ」

「いえ、あの……妻とか全然そういうのじゃないですから！」

シュウは慌てて否定した。このあたり、彼は十八歳と思えないほどにまだ幼い。

「それは彼女らが気の毒だな。命をかけてそなたのために精霊を身に宿したというのに」

「はあ……すいません」

「まあ、そなたがなんと言おうと、縁は固く結ばれていよう。それより、そなたに頼みがある」

世界樹からの頼みとか、絶対に厄介事《やっかいごと》なんだろうな、とシュウは少し身構える。

「私は、もうじき命を終える」

「えっ。世界樹って永遠の命じゃないんですか？」

「そうでもあるし、そうでもない」

「どういう意味ですか？」

これを聞けば、泥沼《どろぬま》かもしれない。

「我らはこの世界に噴き出す魔泉《ません》と呼ばれる穴に育ち、その魔力を糧《かて》にして育つ。魔泉は地脈の集まる地に噴き出し、この世界に魔力を与えている」

「……」

「だが長い時を経て、地脈はやがて移ろいゆく。私の地脈は、すでにいくつかは枯れ、またいくつかはその道を変えた」

「つまり、あなたは……」

「そうだ。やがて枯れる」

よくわからないが、それはきっと一大事なのだろう。この世界にとっても。

「地脈を何とかする方法はないんですか？」

「ない。とある者が地脈を操ってはおるが、それは、本来許されざる行いだ」

「とある者、ですか……」

「正体は私も知らない。その方法も」

自分がこの世界にいる理由も知らず、たとえば、帰れるのかもさっぱりわからない今の状態だ。

なんらかの手がかりをつかむ前にこの世界が壊れてしまっても困るし、この世界を荒らしてもらっても困る——だが。

「すみません、まだ僕に何を求めているのかわかりません」

「そうだな」

老人は笑った。

「シュウ。君に、『世界樹の守護者』の役を頼みたい」

すごい二つ名が来た。

世界樹は続ける。

もともとはエルフが世界樹の守護者だった。やがてエルフと共に世界樹を護っていた精霊たちの加護がより強く表れた者たちが、ハイエルフとなった。

かつて起きた不幸な相克によって、エルフは人間との付き合いを絶った。また、エルフとハイエルフで役割を分けたため、ほんの一部のハイエルフだけが真実を知るという、あまり好ましくない状況になってしまった。

今の地脈が枯れ新たな魔泉が誕生すると、その魔泉から魔物が生まれ、やがて人間たちと争うようになるだろう。

世界樹は魔泉に根を張り魔力を吸い上げ、それを穏やかな魔力に変え、精霊やエルフ、そして人間などの世界に広げていく。

精霊と神代《いにしえ》の人族の混血たるエルフもまた、魔泉に晒《さら》されたためにオークとなった種族と同根だと、この老人は言う。

銀魔狼も、魔泉に晒された狼が変化したものらしい。

つまりこの世界の魔物は、魔泉によって生まれている。

「魔泉は大小が至る所にある。その中でも最大の魔泉に赴き、新たな種を、世界樹の種を育てて欲しい」

「そんなこと、僕に出来るんでしょうか？」

「他にはおらん。だから私はそなたを待っておった」

「はあ」

シュウは困っていた。あまりに大きな話になっていて、どう反応していいかさえもわからない。

「地脈を操っている存在も、その理を知っておる。そのうえでなにかを為しておるのだろう。私の力の衰えは、もっと長い先のはずだった。だがここに来て、急激に力が弱り始めた」

要するに、あまり時間がないということだろう。

「それで『世界樹の守護者』というのは、僕があなたを護るために、その誰かと戦うってことでしょうか？」

「そうではない。先ほど言ったように、そなたには我らが新しき種を護り、運び、育てて欲しいのだ……入るがよい」

老人が言うと、見た感じ七、八歳くらいのかわいい容姿をした少女が、いつの間にか老人の背中から、ひょこっと顔を覗かせていた。

肩くらいまで伸びた癖っ毛は、鮮《あざ》やかな緑色だった。つぶらな瞳は鳶色《とびいろ》で、好奇心を映してくるくるとよく動き回っている。

そしてシュウを見ると、ニコッとはにかんだ。実にかわいらしく、こちらもつい微笑んでしまう。

「これが我が次代の種だ。これとそなたに、契約を結んで欲しいのだ」

「契約ってのは、ここに来る前に聞いていた導きのことですか？」

「そうだ。そなたがこれを守護する代わりに、これはそなたに力を与える。それが本来の契約の姿だ。契約を結ぶ相手が、ここに来た若者を選び、導くゆえ、そのような名前になったのであろう」

「なるほど」

シュウは少し黙考《もっこう》した。だがまあ、いくら考えたところで断れる内容ではない。

「わかりました」

シュウは答えた。

老人に促され、少女はおずおずとシュウの前に歩み寄る。そして、「はいっ」と両手をシュウの前に突き出した。その手には一つの種子が握られていた。

「その種が、これだ」

老人は、少女の頭を撫でながら続ける。

「その種を、そなたの心臓の横に埋めてもらいたい」

「うえぇー!」

シュウは突然のピンチに慌てふためいた。

「大丈夫だ、そなたの骸《むくろ》を肥料にしようなどという話ではない」

老人は安心させるように、にっこりと微笑んだ。

「時が来るまで、そこに隠して欲しいのだ」

しかし、何か本能的な恐怖がある。

「これがそなたに力を与えるのだ。そなたはこれを護り、魔泉を目指し、そこに根付かせて欲しい」

どうやら逃げ場はないようだ。

「……わ、わかりました」

シュウは少女から種を受け取ると、着ている服をズリ上げて、左胸に当ててみた。

恐ろしい激痛がほんの一瞬、心臓を起点に全身の神経を駆けめぐる。

「……っ……くぅ」

シュウは顔をゆがめ、老人を睨んだ。

「もう、痛いじゃないですか！」

「普通はそんなもので済む痛みではないわ」

老人は口を開けて笑った。

少女が、シュウがあぐらをかく膝の間にすっぽり座る。

そして顎《あご》だけ上げて、「だいじょうぶ？」と見上げてくる。

「うん、大丈夫」

シュウがその頭を撫でると、少女は目を細め、シュウのお腹に背中をもたれさせた。

「さて、そろそろ行くがよい。シュウよ」

「わかりました。あ、最後に一つだけ」

「なんだ」

「この子の名前は？」

「ない。必要ならそなたが付けてやるがよい」

「そっか。じゃあ、ユーガ、とかどう？」

世界樹《ユグドラシル》だから――。

シュウが少女に尋ねると、彼女はにっこり笑ってうなずいた。

気に入ってくれたらしい。

シュウは世界樹の老人に別れを告げて、光の扉の中へ、ユーガを連れて歩き出す。

強烈な光に思わず目を閉じると、周りの匂いが、樹の外の世界へ移ったことを教えてくれた。


「な、なんだこの娘は……」

外で待っていたザフィアが声を上げる。

どのような高位の存在と契約したとしても、術者がよほどの魔力を持たない限り、常時実在化しているような契約精霊は存在しない。半実在化している妖精のような姿で、契約者の周りを飛んでいるのがせいぜいなのだ。ザフィアが驚くのも無理はない。

こんな見覚えのない少女を、他の手段で世界樹から連れ出せるはずなどないのだ。

「く、これは……」

認めざるを得ない。この少女の本性が何者であれ、この人間族の少年は、自分が知る限り最高クラスの導きを得て、ここに戻ってきた。

しばらく待っていると、やがて三人の娘たちも現実世界に回帰してきた。

それぞれ、どことなく風貌《ふうぼう》が変わっている。

サラは、鳶色だった瞳の色が青くなっている。髪の色は少し前より薄くなったようにも見え、何より青みがかっている。

そして肩に青白色の小さな妖精を乗せていた。

クリステルは逆に髪の色が濃くなっている。シャンパンゴールドだった髪が、光を浴びてオレンジにさえ見えそうなゴールドに輝いている。

シルバーだった瞳は燃えるような赤になり、クリステルの美貌をさらに怪しく燃え上がらせていた。

ジルベルの変化は最も激しかった。

美しいシルバーだった髪は、まるで色素が完全に抜け落ちたような白に変わった。

もともと抜けるように白かった肌も、まるで大理石の彫刻のようになっている。

だが、瞳の色だけは以前と変わらず黄金色に輝いている。光の加減でその瞳がグリーンに見えるのも同じだ。

何より、このような色彩に乏《とぼ》しい容姿になりながら、体から満ち溢れる精気は彼女の存在を不健康なものに見せないほどにまばゆい。

女性三人の変化ははっきりとわかるほどだったのに、シュウの見た目は全く変わらなかった。

ただし。

彼の膝の上にちょこんと座る幼い少女の存在は、女性陣にかなりの衝撃を与えていた。

「シュウよ、どこからさらってきおった？」

「シュウ君。もしかして……だからなの？」

「ええ!?　……まあ詳しい話は後にしよ。とにかく、一度落ち着こう」

シュウは一同を促し、宿へと引き返すことにした。

「あ、そうだ皆。この子はユーガ、世界樹の子だよ。よろしくね」

「世界樹の子」という言葉に、ハイエルフの長であるグイード、ここにシュウを導いたカトヤ、そしてザフィアが絶句《ぜっく》する。わかっていたことではあるが、いよいよこの世界樹は終わりの時を迎えたということになるからだ。

宿に集まった一同は、これからのことを相談した。

「とりあえずいったん、レオナレルに帰ろうと思う」

シュウは提案した。

新たな旅に出るにせよ、一度戻って情報を集めたいし、装備や食糧などの買い足しもしたい。何より、とりあえず商会の様子も見てみたかった。

「そうね」

サラにも異存はない。結局、アイテムガジェットにある買いあさった魔術書は無駄になってしまった。それらを書庫に並べないといけない。

サラは今、非常に相性がいいウンディーネと共に、さまざまな精霊魔法について学んでいる。

ジルベルやクリステルに意見はないので、一行は今夜ここに一泊し、明日レオナレルに引き返すことにした。

カトヤも一緒にレオナレルに帰ることにしたようだ。

そして、ずっと難しい顔をしていたザフィアが、シュウに向かって切り出した。

「新たな世界樹の地を探すのなら、俺も連れて行ってくれないか――」

同行を求めるザフィアを意外そうに眺めながら、シュウは尋ねてみた。

「ザフィアさんには嫌われてると思ってましたよ」

ぎろり。ザフィアは相変わらず冷たい視線をシュウに向ける。

「俺個人の好き嫌いはどうでもいい」

ということは嫌いってことじゃないか。シュウは苦笑する。

「問題はあんたが、新たな『世界樹の守護者』になったことだ。火・風・水に選ばれた守護者たちもここにいる。ならば、土の精霊に選ばれた俺も一緒に行く他あるまい」

「あなた、ノームに選ばれたの？　すごいわ。なんで教えてくれなかったの？」

クリステルは瞳を輝かせてザフィアを讃《たた》えた。

「話す機会など、なかった」

そういえばそうだ。クリステルはザフィアの成人前にこの村を離れてしまったのだ。帰っていきなりの世界樹での試練だったし、正直今初めて、やっと落ち着いて話をしている状況だった。

「僕はいいけど、皆は？」

「我はどうでもいい。使い手が増えるのはありがたいことだがの」

「私も。ただ、ザフィアさんのシュウ君に対する態度は気に入らないかな？　旅の間に揉めるようなことがあるなら、最初から一緒にいない方がいいよ」

はっきりとサラは指摘した。ザフィアがシュウに見せる不快な視線が癇《かん》に障《さわ》っていたからだ。

「それは、わたくしからもよく注意いたします。そもそも、ザフィアはなんでそうシュウさまを気にしてるの？」

「当たり前じゃないか。大事な姉さんが下界から帰ったと思ったら、人間の男を連れてきて、その……その男の妾《めかけ》になっていると聞かされれば！」

「妾じゃないですってば……って、ええっ⁉」

シュウは驚いた。

「ザフィアさんって、クリステルさんの弟だったの？」

「そうだ」

「僕はてっきり……だって、カトヤさんだって」

「わしがなんだ？」

「女を取られた間抜け男のようだ、みたいなこと言ってましたよね？」

「こやつの振る舞いはそうにしか見えなんだわい」

カトヤは大笑いした。

「まあとにかく、同道するのなら、ザフィアはわだかまりを捨てることだな。シュウ殿の足手まといになるようであれば行かぬ方がよいというのは、わしもサラ殿に同意する」

「う……くっ、わかった」

ザフィアは、苦渋の表情を浮かべながらも、一同に頭を下げた。

シュウは休む前に改めて、一同にユーガを紹介した。

「はじめまして、私はサラです」

「サラー」

ユーガはサラに抱き付き、ぎゅーっと胸に顔を埋め、かわいいものに目がないサラをとろけさせた。

「ジルベルだ、よろしくの？」

「ジルー」

同じく、ジルベルも恐れることなく、ユーガは抱きしめる。

「クリステルです、ユーガさま」

「クリスー」

「カトヤです。よろしくお願いいたします」

「カトヤー」

一人一人を覚えるように、ユーガは固く抱きしめていく。

最後に、満面の笑みで「ザフィアです、ユーガ様」と両手を広げてにこやかに待っているザフィアには、ぺこっと頭を下げたっきり、とことこシュウの膝に戻ってしまった。

その仕打ちに悲しみながら、また深い嫉妬に燃えた目で、ザフィアはシュウを睨みつける。

「そこでなんで僕なんだよ……」

額に手を当てて嘆くシュウだった。


帰りも結局、ハイエルフたちの見送りはなかった。

シュウは、今はそれでいいと思っている。この森のエルフたち誰一人にも、ユーガや世界樹の寿命の秘密は漏らす気がないからだ。

このまま一路レオナレルに進路を取り、一同は馬車を走らせる。

意外にも、この旅に一番興奮していたのはザフィアだった。

ハイエルフにありがちな無関心・無感動に思えた彼だったが、やはりそこは、カトヤの孫でクリステルの弟、といったところだろうか。

何事もなく、レオナレルへの復路は順調に過ぎていった。

途中、カトヤにシュウたちが邸宅を購入したことを告げ、移ってきたらどうかと勧めてみた。あの街外れの家に何か特殊な思い入れでもあるのかとも思ったが、案外あっさりと、カトヤも邸宅へ移り住むことになった。

ザフィアもレオナレル滞在中は、邸宅で暮らすことになるだろう。

神聖ネカスタイネル国領に入ってから、途中の街の駅で早馬便を頼み、先にラルスに帰宅を告げておく。

カトヤとザフィアも一室ずつ使うことを知らせ、準備などを依頼しておいた。


レオナレルに着くと、工芸ギルドに依頼した邸宅と鍛冶場兼商店のリフォームは順調に進んでいた。

ラルスはホテルにも多額の予算を設け、彼が支配人として在籍していた頃に気になっていたいくつかの綻《ほころ》びも、工芸ギルドのザールに発注して修繕を行わせていた。

シュウ商会は、工芸ギルドに発注する際、すべてザールを通すようにしている。

すでに序列三位に上っていたザールだが、シュウからの依頼と、その腕を噂として流すシュウ商会の工作で、一躍レオナレルで一番という評判になっていた。

早晩、あの不快な序列一位のイェフは、地位を追われるか引退することになるだろう。

オーダーメイドで発注していた二台の旅馬車も、もうじき完成するらしい。

以上の報告を、多忙にもかかわらず、ザール自らがシュウの元に足を運んでしてくれた。

シュウが満足して握手を求めると、ザールも力強く手を握り返した。

ベンノーとアルマは、この一月、勤勉《きんべん》に武器屋で修業をしているようだ。もともと飲み込みの早い二人だったので、武器屋の店主からも仕込み甲斐《かい》があると喜ばれていた。

だがまあ、彼らが独り立ちできるようになるまでは、まだしばらくの期間が必要だろう。

そしてラルスの案内で、国営銀行の頭取もやって来ていた。

例のホテル買収の件で、ネカーゲムント王国からの支払いが完了したことの報告だった。

シュウはそのうち金貨五千枚をサラの名義で新規口座に移し、管理をラルスに任せた。

残りを手金庫に回させて、頭取と雑談を交わす。

「シュウさま。ところで貴殿の商会では、馬はどの程度お使いになってますかな？」

話の接《つ》ぎ穂《ほ》に頭取が言い出したのは、この街で、一軒の厩舎が破産した話題だった。

経営者は腕のいい馬商人だったが、博打《ばくち》に手を出して稼業《かぎょう》を潰してしまったらしい。博打の借財が膨《ふく》らみ、すべての馬を手放したり店や牧場を売ったりしたところで完済にはほど遠いという状況に追い込まれているそうだ。

話の感じでは、なんらかの利害が銀行にもあるようだった。

シュウはその話を、ザールを通して調べるようラルスに頼んでおく。

ホテルではけっこうな数の送迎馬車を使っている。上手くすれば、なんらかの利益に結びつくかもしれない。

最後に、ホテルで抱えていた奴隷たちの処遇の問題があった。

ラルスが言うには、奴隷を解放すると、解放奴隷という身分になり、彼らはシュウにとって、一種の子分的な被保護者になるらしかった。

名前も、たとえばヤークートという奴隷がシュウに解放されると、ヤークート・シュウ・タノナカとなり、シュウの庇護民《ひごみん》として生涯を送ることになる。

ラルスは、ホテルに永年勤めていた奴隷たち十人を一斉に解放し、合わせて、ホテルと邸宅に十人ずつの奴隷を新たに買い入れたいそうだ。

その奴隷たちにとっても、シュウがもし現在の奴隷を解放すれば、自らの境遇に置き換えて、とても励みになるのだという。

奴隷解放には、その奴隷の価値の一割の解放税と、同じく一割の人頭税が必要になるが、シュウはその提案を受け、ラルスにすべての手配を任せた。

後は、ホテルと邸宅の人事が一元化《いちげんか》できたため、新人教育や人材の融通《ゆうずう》など、細かい面で報告と相談があった。ラルスはやり手らしくきっちりすべてを準備して相談するので、シュウはただうなずくだけで済んでいた。

街に着いて以降、ユーガの世話はずっとサラがしている。

サラ自身も妖精化したウンディーネとの対話と修行を行いながら、ユーガと過ごしていた。

ジルベルは邸宅の庭がお気に入りだった。街に戻ってからはまだ一度も人化していない。日がな一日、大型犬サイズの白狼として、庭でのんびりひなたぼっこをしている。食事も、彼女のために庭に運ばせていた。

サラとウンディーネが庭で訓練をしている間に、自分のお腹で昼寝をするユーガを、ジルベルが優しくしっぽで包んでいる。

その光景を見て、サラの集中は途切れた。

「いいなー、わたしももふもふしたいー！」

クリステルとザフィアは、カトヤに付いて朝から晩まで街中を歩いている。

やがて始まる旅の前に、少しでも孫たちを人間の街に慣れさせようというカトヤの配慮だった。

里を離れるのが初めてのザフィアは、プライドだけが高くてまだまだ危なっかしい。

長命で能力が高いハイエルフは、人間の欲に根ざした行動の原理を理解しにくい側面がある。クリステルが拉致されたのも、やはりそうした覚悟の甘さが招いた禍《わざわい》だとカトヤは教えた。

寿命の長さと知識の多さは、時にその生命から活力を奪うのかもしれない。

カトヤは長年人間の世界で揉まれただけに、ハイエルフが馬鹿にし軽蔑している人間族の、その果てしない欲望には、怖れと共にある種の敬意さえ感じている。

「でも俺は男だから、姉さんのように奴隷目当てで近付く悪人はいないだろ?」

ザフィアは言う。

「阿呆か。ハイエルフの男は男妾《おとこめかけ》や男娼《かげま》として人気が高いわ。いいか。クリステルもじゃ」

カトヤは二人にまた説教を始める。

「他の真っ当な手順で奴隷になった者たちと違い、ハイエルフを奴隷として売り買いするのはまともな人間などではないわ。普通の奴隷なら、金のために己を売ったり、金を積めば自分を買い戻したり出来る。だが、金に困ったハイエルフなどおらん。ハイエルフを捕らえるのは、男も女も、人間の性欲の対象よ」

性欲が乏しいがゆえ、常に種として世代交代に問題が生じるハイエルフには、この点も理解しにくいことだ。

「ハイエルフは色欲が薄いゆえ、普通に抱いてもただ綺麗な人形と変わらぬ。そこで人間は麻薬を使う。長いこと薬に侵《おか》されたエルフは、やがて衰弱《すいじゃく》し容色も衰える。そうなったら……」

カトヤは自分の首に両手を当て、扼殺《やくさつ》を暗喩《あんゆ》で示す。

「冒険者として使えるエルフなどは、奴隷でもまともに扱われたりもする。じゃがハイエルフは別じゃ。心から従わねば精霊魔法は使わぬ。誇りが高すぎて隷属《れいぞく》させにくく、何も知らぬゆえ、役にも立たぬ」

「そんな……人間よりよほど！」

「それがいかんと言うておる。ザフィアよ。ではなぜ、わしらは今ここにおる？　何百年も共に生きていながら、ハイエルフは自らの種族から『世界樹の守護者』を出せず、人間の、それもあのように年端《としは》もいかぬ少年に、世界の行く末を託す始末じゃ」

また新たな説教が始まる。カトヤのスパルタ教育は、このように何に付けても厳しく、徹底的に行われた。

ラルスは、シュウが思い付くままに命じるさまざまなアイデアを、配下を使って捌《さば》いていった。

商業ギルドに手配させた奴隷の購入は滞りなく済んだ。

新しく雇った奴隷たちの前で、ホテルの奴隷だった十人を解放する儀式を行う。新しい奴隷たちは、その様子を感慨《かんがい》深げに眺めていた。

解放される奴隷というのは、自身の能力が高いか、貴重な人材であるか、さもなければその主人が相当の実力者かのどれかだ。

今回のように、主人が代わった途端に全員が解放されるというのは、その主人が尋常でない実力者であることを示していた。

解放奴隷は、身分としてはすでに自由民と変わらない。子供が出来れば、その子たちは自由民として人頭帳に記される。奴隷の子は奴隷のままなので、その差は果てしなく大きい。

だから奴隷解放の光景は、いかなる事情でこの境遇に陥った者であっても、またとない希望となった。もちろん、仕事のやる気にもつながっていく。

ラルスはシュウの命により、工芸ギルドのザールから、銀行の頭取が言っていた「破産状態の厩舎と牧場」の詳細な情報を取り寄せていた。

牧場には現在、六十頭の生産馬、厩舎には十五頭の在庫がある。

位置は牧場が南ブロックの街外れ。厩舎は南三ブロック。

評議員秘書のホラーツに頼んで、物件の査定をしてもらった。双方合わせて金貨二百枚でいいだろうと彼は判断した。

馬は大体一頭銀六十枚程度だが、すべて含めて一頭あたり五十枚で買いたたく。

ここの頭数に入っていない牧場の名馬は、種が売れるので金貨二枚の価値を付けた。三頭ほど種牡馬《しゅぼば》がいるらしい。

問題の牧場主、破産したインゴという男には、金貨六十枚の値を付けて奴隷として身売りさせ、シュウ商会で買い取った。

彼の博打による借財は、金貨八百枚にも及んでいる。

評議員の斡旋《あっせん》でそれらすべての借財をシュウ商会が立て替え、インゴの資産を金貨四百枚と換算《かんさん》し、足りない部分を商会で補填《ほてん》した。残りの四百枚、その金額をインゴの借財として証文を書かせる。

インゴの身分は奴隷になるが、これまで彼が雇っていた馬丁や牧童《ぼくどう》たちは、そのままシュウ商会で再雇用した。

インゴにも奴隷が三人いた。シュウが彼らの新たな主人になったが、同じく新たな奴隷を十人雇い、この三人は解放した。

ちなみに、奴隷は解放されても仕事を変えることがほとんどない。また、奴隷であっても賃金は支払われるし、自らを主人から買い戻すことも出来る。

奴隷は解放した者の庇護民となるが、それは権利の束縛《そくばく》から自由になることの妨《さまた》げにはならないのだ。

ラルスの手引きで、シュウはインゴと面会した。

シュウの姿を見たインゴは、噂に聞いている年若いやり手の経営者がまさかこれほど幼く見えるとは、と驚いた。

「この度は、我が窮地《きゅうち》をお救いくださり誠にありがたく存じます」

形ばかりのお礼を陳《の》べるインゴ。

「インゴさん。そんなことより、一つ約束をしてください」

「なんでございましょう？」

「次に博打をうったら、刑を受けると誓約《せいやく》してください」

「……」

「出来ませんか？」

「い、いえ、承知いたしました」

「博打場の人たちに、あなたが博打をうってる現場を押さえたら、うちが賞金を出すと触れて回りますから」

　変わった子供だとインゴは感じた。

「……承知いたしました」

「では仕事の話をしますね」

　シュウはインゴに、牧場ではあと何頭くらい生産を強化できるのかと尋ねた。

「充分な働き手があるなら、二十」

　生産用の牝馬を増やせるだろうとインゴは答えた。

「あなたの奴隷だった人たちの他に、十人新しく奴隷を雇いました。指導をお願いします。加えて、熟練した人材がいれば、候補を出してください。繁殖馬《はんしょくば》の選定はあなたに任せます。費用なんかはラルスさんと相談してください」

　ここまでこだわるなんて酔狂《すいきょう》なことだとインゴは思った。

　さらにシュウは、インゴを連れて工芸ギルドのザールの元へ向かう。

「ご存知かもしれませんが、こちらがインゴです。よろしくお願いします。インゴさん、ザールさんはとても大切な取引相手です。工芸ギルドで何か依頼する時は、どんなものでも必ずお任せしてください」

「こっちこそ、旦那にはいつもお世話になっている。インゴ、まあしっかり務めて頑張るんだな」

ザールはよく見知ったインゴに向かってそう言った後、シュウに向かって続けた。

「そういや、インゴの牧場の隣の夫婦も、破産寸前らしいぜ?」

シュウの目が鋭く光る。

「ホントですか?　インゴさん、隣の牧場ってどんな規模なんです?」

「はあ。敷地はウチと同じくらいでしょうが、あそこはもう何年もろくな馬が出ていねえ。いや、モノは悪かねえんだが……親が死んで息子に代替わりしてから客足も遠のいて、そのせいで回ってねえんだと思います」

馬は三十ほど。厩舎は持っていない。牧童は五人ほどでやっと回しているようだ。

「買ってしまいましょう。ザールさん、すいませんが仲介と、買い終わったらウチの牧場とくっ付けちゃうので、工事と手入れの手配をお願いします」

「旦那ならそう言うと思ったぜ」

ザールはにやりと笑った。

「もしその話が本当なら、あそこの息子夫婦なんですが……」

インゴは「昔からのなじみだから、そのまま雇ってやって欲しい」とシュウに頼んだ。

「インゴさんの部下ということで向こうが納得すれば……ですけど」

シュウは条件付きで承諾《しょうだく》する。

「支払い条件なんかは、ラルスさんを通してくださいね」

一方、肝心の魔泉調査の方はうまくいっていなかった。

ラルスの指示で街で数名の代書屋を雇い、図書館などで、レジナレス大陸にある各地の魔泉の調査を行ってもらっていたのだ。

毎日彼らは、羊皮紙にその報告をしたためて送ってくれている。それを、同じく雇い入れた地図職人が図版に起こし、羊皮紙の報告書と組にして記録していた。

街にある書店には、魔泉に関わる記載がある書物を発注した。

金に糸目を付けないということで、書店主は勇んで書籍を調べ、それをシュウ商会の邸宅にせっせと運び入れた。それらをまた、代書屋が調べ書類にしていくのだ。

その結果、どうやら普通に調べてわかる範囲には、大魔泉と呼ばれるほどの規模のものは存在しないことがわかった。

ならば、人が足を踏み入れない地域にあると見て間違いないだろう。

シュウは、探索をレジナレス北東の、未開の山地に絞ることにした。この一帯には、人を寄せ付けない急峻《きゅうしゅん》な山地がある。

住む人間もいないこの地域を、人々は『竜の巣』と呼んでいる。

竜の巣の一帯に踏み込むのにもっとも効率がよいのは、大陸北部の大商業都市エベルバッヒから集落伝いに南下していく方法らしい。南や西からだと険しい山脈の尾根が邪魔をするし、東からはかなりの遠回りになる。

シュウはふと思い立って、商業ギルドの長、ベーゼルスのところに出向いた。

例の不良貴族の一件の後、ベーゼルスは妙にシュウをひいきにしてくれる。

「――エベルバッヒに行こうと思ってます」

「仕事ですか?」

「いえ、別件なんです……向こうでどこかよい宿を知っていますか?」

「御用の向きはわかりませんが、商人であれば、よいご縁が必ずある土地です。是非、よく視察なさってください」

「わかりました」

「そうだ、こういたしましょう。あちらの商業ギルドの長に向けて紹介状をお出しします。宿の手配なども、彼にお任せしてみてはいかがでしょう?」

「そうですね、よろしくお願いします」

「ああそうそう。うちの商隊が、近々エベルバッヒまで向かいます。大所帯《おおじょたい》ですし護衛も多く付けますので、よろしければご同道なさってはいかがですか？」

「助かります！　道中不案内ですし、頼らせてもらいますね」

助かった。旅慣れた者たちがいるのはそれだけでも心強い。

「五日ほどしたら、隊を率いる者たちをご挨拶に伺わせましょう」

シュウは夕食の時、一同に、竜の巣についての情報収集のため、エベルバッヒに向かうことを告げた。

「とりあえず現地で、いろいろ調べてみようと思うんだ」

「竜の巣か。なるほど」

カトヤは言った。あそこだったら人間は誰も寄り付かない。確かに大魔泉があっても、情報を得られないだろう。だが、これはだいぶ厳しい旅になる。

「今回はわしは遠慮しよう」

「おばばさま？」

クリステルが意外そうに祖母の顔を見つめる。

「わしはこのお屋敷で、充分に老後の憂《う》さを晴らさせてもらうことにするよ」

「ところで、今回は我々の商会からも一人、エベルバッヒにお供《とも》させてください」

ここでラルスが口を出した。

「あちらで、連絡役を務めさせようと思います」

なるほど、それは便利かもしれない。

「うん。じゃあ、あと五日あるから、それまで皆充分準備してください。お金が必要だったら、ラルスさんにねだってくださいね。あ、ところで」

シュウは、ラルスに聞き返す。

「エベルバッヒまでベーゼルスさんの商隊と同道するんだけど、こっちも護衛とか用意した方がいいのかな？」

「そうですね、ではこうしませんか？」

ラルスは、連絡員としてエベルバッヒに派遣する者に、現地に留まって警護を長期で続ける者を付けようと提案した。

「なるほど、いいんじゃないかな」

「手配いたします。シュウ様にも警護の者は必要ですか？」

「要らないよ。たぶん却《かえ》って足手まといになる。でもまあ、ちょっとどうしようかって悩んでることはあるんだよねえ……」

「なんでしょうか？」

「竜の巣のこと。出来たら最初の探索は冒険者を雇ってやらせたいんだけど、たぶん、死人が出ると思うんだ。なんかそれを思うと気がとがめちゃって」

シュウは少し目を伏せる。

ラルスに言わせるとそもそも冒険者とはそういう存在だし、死ぬも生きるも彼らの勝手だとは思うのだが、シュウは彼らに深い同情を寄せてしまうのだ。

「冒険者というのは、そうしたものだと私は思います」

結局、そんな言葉しか返せないラルス。

「まあそうなんだけどさ……どっちにしろ、頼むしかないかな」

シュウたちはしばらくエベルバッヒに滞在し、こちらでしたのと同じように、調査と準備をしなければならない。

うーん。その間にやっぱり、冒険者に竜の巣の調査を頼んでみるべきなんだろうな。

旅立ちの直前ぎりぎりで、以前シュウがアイデアを出して作ってもらった、旅行用の馬車が完成した。

予想より若干重くなってしまったため、ザールは四頭立てを勧めてきた。

「うーん、四頭立てかあ」

シュウはこの世界の人間が理解できない思考をする。馬がかわいそうだと考えているのだ。

「四頭立ては窮屈っぽいんだよねえ、馬が」

「では、前二頭後ろ二頭の、二列の四頭立てはいかがですか？」

話を聞いていたラルスが、ザールのために助け船を出す。

「どこの王族だって話になるよね、ますます」

「ちげえねえ」

ザールは大笑いした。

「でもまあ、それしかないのかなあ。ザールさん、とにかくまたもう一台この手の馬車を作ってください。今度はもっと軽くて丈夫にするよう、職人さんにお願いしてくださいね」

とりあえずざっとシュウは不満点を口にして、それをラルスが書き取り、ザールに手渡した。

完成した馬車の中を見ると、ほとんどはシュウの要望通りのものだった。

壁に折りたためるようになっているベッドが四つ。後部天井に付けられて、落差で使えるようになっている水タンクと水道。

天井にはジルベル専用の寝室。雨露をしのげる布団付きの小屋と、露天《ろてん》が好きなジルベルのための板張りの遊び場付きという豪華なものだ。要するに、ここでならジルベルも空を見ながらごろ寝できるし、雨が降った時にはきちんと雨風をしのげる。

かなり無理矢理ではあるが、四人が寝られるベッドを壁に仕込んだのは秀逸《しゅういつ》だった。これなら天気が悪い時も何とかなるかもしれない。


出発日前日に、ベーゼルスが商隊のリーダーを連れてシュウの邸宅を訪ねてきた。

明日はいよいよ、旅行の始まりだ。

ユーガにとって、世界樹を離れ、シュウに護られながら旅をするこの生活は、まさに初めての冒険となる。何もかも、見るもの聞くものすべてが新しく、鮮やかだった。

特にシュウの周囲にいる人たちは、皆ユーガにとってかけがえなく感じられる。

サラはとにかく世話好きで、いつも一緒にいてくれるし、自分という存在を深く慈《いつく》しんでくれている。

それはジルベルも同じ。彼女のお腹にくるまれて微睡《まどろ》むと、お気に入りの陽だまりの中でぽかぽかと過ごしているような気持ちになる。

カトヤやクリスやザフィアは、自分をちょっと敬《うやま》いすぎててつまんないけど、いい人たち。

シュウはもちろん、大好きだ。

6

道をよく知ったベテランの冒険者たちの馬車を先頭に、ベーゼルス商隊十台の荷馬車が続く。その後ろにまた護衛の馬車。次いでシュウたちの馬車。最後尾がシュウたちの護衛と商会が派遣する連絡員の乗った馬車。一行は旅程を順調に消化していく。

ジルベルによると、道中何度かこの商隊に狙いを付けた魔獣はいたようだが、皆、シュウたちの放つただならぬ気配に恐れをなして手を出してこなかったらしい。

ネクアーエルツの大森林を左手に見ながら、街道は北東に大きくカーブし、森林の外周に沿って目的地である大商都エベルバッヒに向かっていく。

魔獣たちの襲撃は、山場であるネクアーエルツ一帯を過ぎる頃になっても、ついぞなかった。

だがシュウたちの持つオーラも、人間の盗賊には通用しなかったようだ。

「人間は、目で見たもので判断するからの」

ジルベルがあざ笑った。

二十日目の夕刻、総勢五十人を超す山賊がシュウたちの目の前に現れたのだ。

先導の馬車に十人。後衛にも同じく武装した十人の護衛が乗っているベーゼルス隊だが、こうしてみると彼我《ひが》の戦力差が大きい。

シュウ隊は後ろの馬車に五人の護衛。総勢二十五人の戦力で五十人以上の山賊の相手は、少々骨が折れそうだ。

となれば、ここはシュウたちが出た方が早い。

サラの肩に留まったウンディーネがそっとサラに耳打ちすると、淡い光となってサラの中に溶け込んだ。

それを見て、シュウは、ああそうかと思った。

「ユーガって、僕の中に入れる？」

シュウは自分の心臓あたりを指さし、ユーガに聞いた。

「うん」

ユーガは、何を今更というように目を輝かせた。

「じゃあ、とりあえず片付くまで、そうしてもらえるかな？」

人間がその武器でユーガを傷付けられるのかはわからないが、とりあえず、ユーガ一人減るだけでもかなり動きやすくなる。

ユーガはこくりとうなずくと、緑色の光になって、シュウの胸に消えていった。

「信じられないけど、あんなふうに見えていたってやっぱり、精霊なのね」

サラがその光景を見てささやいた。

防衛に展開したベーゼルス隊付の護衛の頭に、「五人で打って出るから、手出し無用で頼む。専守防衛で」と伝える。

同様に、自分たちの隊の護衛にも「ただ馬車と馬だけを守れ」と言い残し、シュウたちは戦闘準備を進める。

人間は知恵で理論武装し、数を頼んで獲物にかかる。

だからジルベルの言う通り、野獣や魔獣さえ避けるこの一行になんの恐れもなく襲いかかろうとするのだ。直感や本能には頼らないのか、蓋《ふた》をしてるのだろう。

シュウはサラと並んで前方、ジルベルは右、クリステルは左、ザフィアは後方を受け持つ。

一斉に襲いかかろうとする山賊たちに対し、四人の精霊魔法使いたちの圧倒的な魔法が撃ち込まれた。

「……いや初めて見るけど、精霊魔法ってすさまじいな」

シュウは、自分の出番がなかった山賊の駆逐に呆気にとられていた。

四人が発した精霊魔法はあれでもかなり手加減しているはずだ。それでも最初の一撃で、約半数以上の山賊の命を奪い、三分の一以上の山賊を戦闘不能にさせていた。生き残った山賊は遁走《とんそう》している。

特に激しかったのが、クリステルの炎の精霊召喚だった。

山賊が伏せていた草原の一帯の真ん中に、赤白い光が走ったと思った瞬間に、足下に巨大な魔法陣が展開した。

そこから、全身が炎で出来た、爬虫類《はちゅうるい》のような存在が浮かび上がってきた。

――サラマンダー、炎の最上位精霊の具現。

その瞬間、周囲の生き物は、山賊であれ雑草であれ、葬送《そうそう》の劫火《ごうか》のごとき炎で白い灰に変わった。

灼熱《しゃくねつ》した大地が、まだところどころ溶けて赤く燃えている。

あそこに何人山賊がいたかわからないが、人の形など留めていないだろう。なんであれ、当分あそこには近付きたくない。

「ユーガ、ああいうの僕にも出来るの？」

シュウは気になって、自分の中に感じる彼女の魂に聞いてみた。

「まだだめ」

不満そうに答えるユーガ。

「どうして?」

「あたしがおいしいもの、食べられなくなる」

「はいはい……」

シュウは苦笑した。どうも、シュウの魔力を無駄に使われたくないらしい。ユーガは今のところ、シュウの魔力を使って実体化しているのだ。

逃げた仲間に見捨てられた行動不能の山賊がそこかしこでうめいているが、こっちも山賊退治が本意ではない。とりあえず彼らの逃走を奇貨《きか》として、今夜の野営地まで急ごうということになった。

この戦闘後は、エベルバッヒに着くまで何も起こらなかった。

あの惨状《さんじょう》を見たら、何者も彼らに手出しをしようという気持ちは持ちやしないだろう。

商都エベルバッヒは大国に囲まれた自由都市だ。

北は海、東西は大国に挟まれ、南方には若干の距離があるものの神聖ネカスタイネル国がある。この街は地勢的に安定した商取引を行える利点を活かし、各国の併合侵略から免《まぬが》れてきた経緯があった。

収入に対して直接税がないために、豪商や職人工人たちが多く集まり、さらに商圏を拡大していく循環《じゅんかん》が起きている。また、ヒト・カネ・モノの動きが活発なために、レジナレス大陸全土の情報も手に入りやすい。

レオナレルが大陸中央という立地によって経済や文化の配電盤《ディストリビューター》になっているのと同様に、エベルバッヒはその経済力で、大陸屈指の情報集積地になっている。それを象徴するように、大陸全土から外交官が多く集まるレオナレルに対し、ここには商人の出先機関が多く集まっていた。

シュウ商会の連絡員がここに居を構えるのは、理に適《かな》っている。

シュウ商会から派遣された連絡員は、かつてホテル・レオナレルでラルスが目をかけていた副支配人のうちの一人で、フォルカーという名の三十路男だ。

シュウはフォルカーと連れ立って、レオナレルの商業ギルド長ベーゼルスがしたためてくれた紹介状を持ち、エベルバッヒのギルドを訪ねていた。

商業に立脚《りっきゃく》したエベルバッヒで商業ギルドの長であるということは、小国の王であるに等しいのだろう。

その男クサバーは多忙のため、大番頭らしきテオバルという男が接待に出てきた。

テオバルは神経質そうに太った顔をハンカチで拭きながら、つり上がった薄い一重の瞼《まぶた》を細め、隠そうともせずシュウとフォルカーを値踏みしていた。

とりあえず、この町でシュウ商会の連絡拠点を設けたいこと、その拠点の購入について相談したいことを告げる。

「そういうことでしたら、いかがでしょう？」

テオバルはシュウに提案した。

「金貨二千五百枚ほどですが、よいホテルの売り物があります」

テオバルは、シュウがホテル・レオナレルを「大人買い」したことについて、詳細をつかんでいた。目の前の客が、レオナレルの商業ギルドで数日のうちに序列五位にまで立身した黒髪の少年と聞いて、変に心が湧き立つのを感じていたのだ。

テオバルもいささか自身の商才には自信がある。だが結局のところ、彼の出自では、浴びせるように財を使って何かを成すというのは難しい。

だからこそ、テオバルは未だにクサバーの番頭に甘んじているのだ。

そうした人間から見ると、シュウは、ついつい妬心《としん》混じりに接したくなる相手だろう。

「いいですね。じゃあとりあえず、そのホテルに一同で宿泊して様子を見てみますよ」

シュウは笑顔で答えた。

「ではそういうことで、テオバルさん。そのホテルに連絡しておいてください。僕たちは早速部屋を取りにいきます」

シュウたち一行がホテルに着くと、オーナーと支配人がすでに待ちかまえていた。テオバルが早馬を出したのだろう。

このホテルの最上級のスイート二室を、シュウたちのために一室、フォルカーと彼の護衛に雇った者たちのために一室確保させた。

オーナーは、通常なら一泊金貨六枚のところ、欲目もあって、金貨三枚に負けてくれた。シュウはありがたくその申し出を受け、十日分の金貨三十枚を前払いしておく。

サラとユーガ、クリステル、ザフィアは四人で連れ立って、街の見物に出るという。ジルベルはすでにベッドの上で丸くなっている。

フォルカーは、この街の市場調査に出るらしい。彼がエベルバッヒで調査するものは、まず馬の売値と武器防具などの相場だ。

商売の基本は、可能な限り安く仕入れ、それを高く売ることだ。

シュウ商会は現状、ホテルの他には馬の生産が事業になる。ただ、近いうちに立派な武器商の店舗が完成するため、武具の仕入れについても調査をしたかった。

大陸の中心に位置し全土に流通経路を持つレオナレルと、大商都で陸海の大動脈を持つが陸送自体は北部地域に限定されるエベルバッヒでは、相場に微妙な差が出る。

その差こそが商機になる。

シュウは、宿でくつろいでいるフォルカーの護衛役の五人の男にそれぞれ金貨を一枚ずつ渡し、全員別々の酒場に行って、竜の巣についてどんな情報でもいいので集めてくるようにと頼んだ。

「集めた情報は明日、フォルカーに報告してください」と言うと、男たちは報酬の前渡しに喜び、早速出かけていった。

シュウも、まずこの町の冒険者ギルドに行ってみようと思っていた。

集められた情報によると、竜の巣と呼ばれる山岳地帯は、エベルバッヒから南東に五日ほど行った先にある。小さな鉱山の街が人の暮らす南限で、そこからはほぼ未開の土地になるらしい。

ラドムというその鉱山街はそこそこの産出量がある鉄鉱山に近接しているが、近年、魔物の襲撃が増えつつあって、冒険者にとってはよい稼ぎ場になっているようだ。

だが、その先の山に踏み入る必要もなく、踏み込んだところでなんの益もない。

つまり、その先については誰も知らない。

ラドムに行けば、何かしら知っている者もいるかもしれないが、ともあれエベルバッヒでは、これ以上の情報は手に入りそうにもなかった。

一方、三日ほどこのホテルに泊まっている間に、フォルカーにホテルの物件価値と、従業員の勤務態度や能力を調べさせた。

フォルカーの見立てではせいぜいが金貨千五百枚といったところで、二千五百枚とはずいぶんふっかけられた感じだ、とのことだった。

フォルカーを使いとしてクサバーの元に走らせる。

「明日お伺いしますと、テオバルさんに伝えてきてください」

エベルバッヒは北岸の海岸線に港湾施設と倉庫街がある。その南西に平民の暮らす市街、北東に商工業地が広がっている。

港湾と市街、商工業地の境目にシュウたちが南西から入った街道があり、ここが最大の目抜き通りだ。

ホテルはちょうど、港湾にもほど近い一等地に立っているが、両隣が安宿になっていてどうにもぱっとしない印象だった。

シュウはホテルの右隣の四つ角に面した安宿の主人に、「この宿売ってもらえませんかね？」と冗談交じりに持ちかけてみた。

すると意外にも、「金貨八百枚だったら売ってもいいぞ」という返答があった。

正直、物件価値だったら金貨百五十枚というところだろう。

だが立地がいい。目抜き通りの角地。

どうせシュウ商会はどこかに拠点が欲しいのだ。なら、先を見越した投資としては悪くない立地かもしれない。

「跡取りもないし、誰かに譲ろうとは思ってたが、結局そういう相手もないしな。田舎に家でも買って、引っ込むつもりだったのさ」

親父は言った。

「しかしこの状態で金貨八百枚ってのは、ちょっとふっかけすぎじゃないですか?」

シュウは聞いてみた。

「お前さんは何枚くらいだと思うんだね、若いの」

「まあ物件だけだったら百五十枚というところです。家財ひっくるめての値段でも三百枚だと思います」

「なかなかいい目利きだな」

「何か美術品があるんですか?」

「ない」

「値の張る工芸品とか?」

「いや、ないな」

「じゃあ？」

「まあ付いてきな」

親父はシュウに言うと、裏手の地下に下りていく。

そこには見事な酒蔵があった。親父の唯一の趣味だったらしい。

シュウは酒の味もわからないし価値も知らないが、これをコミで手放したいというのなら、直感で八百枚出してもいいと思えた。

とりあえず、シュウが本気だというのを親父は悟り、すぐに書類を作ってギルドに提出することにする。即金で金貨八百枚を手に入れた親父夫婦は喜んでいた。

下働きの数人はそのまま引き続き雇い入れる。

帰ってきたフォルカーに事情を話し、すぐこちらに護衛たちと移るように伝えた。

フォルカーは当初、呆気にとられていた。よりによってこの程度の物件にこんな値段を払うとは。

だが、地下の酒蔵を見てフォルカーは目を丸くしたのだった。

「いやこれは、いい買い物だったかもしれない……」

ついでに引っ越しの荷造りがある親父夫婦に、フォルカーたちがこちらに移るので空いたホテルのスイートを貸した。どうせ代金は十日分払ってある。

親父夫婦は、初めて泊まる豪華なホテルに大喜びしていた。そして彼らは、自室の私物を馬車に載せ、数日後、この街を離れていった。

シュウが例のホテルの横の安宿を買った翌日、クサバーの元にシュウが赴いたが、やはり彼は今日も現れなかった。

テオバルが現れ、形通りに主人の不在を詫びた。

「シュウさま、ところで例のホテルの件ですが」

テオバルが糸のような瞳をさらに細めてシュウに問いかけたが、シュウはそれを手を出して遮《さえぎ》った。

「今回はご縁がなかったようです。実は昨日、あのホテルの横にある安宿のご主人と話しているうちに、その宿を買い取ることになりました」

「なんと！」

テオバルは驚いた。

「すでに昨日のうちにギルドへは届けを出してあります」

シュウはそう言うと、フォルカーを促し席を立った。

「僕は近日中にこの街を離れます。何か御用がありましたら、フォルカーにお伝えください」

「あ、あの、それではホテルの購入のお話は……」

「ああ、金貨千三百枚ぐらいだったらご相談に乗ります。それ以上なら交渉次第ですね。それでは」

そう言い残し、シュウとフォルカーは席を辞した。

帰りにエベルバッヒの銀行に寄りシュウ商会名義の口座を開設し、資本金として千五百枚の金貨を預け入れ、この口座をフォルカーに任せた。

買い取った宿の修繕などを頼み、泊まり客をすべて引き払わせた後、下働きたちに建物の大掃除をしてもらう。

建物の修理がすべて終わったら、商会の施設兼職員宿舎として使うようにして、一連の報告をラルスまでするよう頼む。

そしてシュウたちはいよいよ、鉱山街ラドムに向かおうと考えていた。

シュウが買い取った宿の下働きに、実家がラドムにあるブルーノという名の青年がいたので、彼に道案内を頼むことにした。

出来ればそのままラドムに残ってもらって、シュウ商会の交渉役もやってもらいたいとシュウは考えている。

しばらくは、ラドムを中心に竜の巣の探索が続くだろう。エベルバッヒから物資を送ってもらったりする必要も出てくるかもしれない。

そのように頼むと、彼は快諾《かいだく》してくれた。

買い取った宿の一階はもともと酒場のような作りになっていた。宿を閉めても、ここだけは酒場として使える。

ここで賄《まかな》いをやっていた近所の気風《きっぷ》のいいおばさんが、「飲み屋だけでもやらないもんかねえ」と熱心に勧めるので事情を聞くと、ここの酒場にはけっこうな数の固定客がいるらしい。

フォルカーにも異存がないようなので、彼らに任せてみることにした。


二日ほどで支度も完了し、シュウたち一行はラドムに向けて旅立った。

シュウは結局、竜の巣の探索に冒険者たちを雇わなかった。

どうであれ死人が出るのは、やはり寝覚めが悪い。それなら自分たちで頑張った方が気分も楽だ。

道中は野宿もなく順調だった。ブルーノもよくやってくれている。

久々に帰った故郷で、しばらく挨拶回りをした後、シュウが出した課題を半日で終えた。

その課題とは、シュウ商会としての足場となる建物を手配すること。賄い付きで六人分の宿を用意すること。素行《そこう》のよい護衛を冒険者の中から四、五人探してくること。以上の三点。

すべての支払いもブルーノに任せたが、これには理由がある。

故郷というのは、たとえ成功した人物が錦《にしき》を飾っても、その事実をなかなか受け入れないものだからだ。ハナタレのガキ時分の横顔を知る大人や、同じ世代の者たちならなおさらである。

ブルーノが見つけてきた空き家は、広さも程度もよかったが、木造部分に傷《いた》みが多かったので、シュウは金貨五十枚を与え、村人に依頼して修理してもらうことにした。

馬小屋もだいぶ古くなっていたので、いっそのこと二倍の規模で新造するよう頼む。

エベルバッヒのフォルカーとラドムのブルーノの間に、シュウ商会独自の伝馬《てんま》を用いるためだ。常備する馬とそのための小屋、そして馬丁が必要になる。

今まで使われる立場だったブルーノは、まだ他人を使って仕事をする感覚がわかってない。

命令するより自分で動いた方が早いからだ。

だがその辺も時間が解決するだろうとシュウは予想している。「立場は人を育てるもの」と、ラルスも言っていた。

鉱山の坑道までは、ラドムの村から南下してすぐだった。

そこから先は、なだらかに丘を登っていくことになるが、森に入ると馬車が使えない。

結局、全員徒歩で進むことになった。

シュウたちは馬車をブルーノに託し、自分たちは歩いて冒険を続けると言って、彼を村へ引き返させた。

「どうかご無事で」

ブルーノは心配を隠しもしない不安顔でそう言うと、名残惜しそうに引き返していった。

「さて、ここからは我の動きやすい姿にさせてもらおう」

ジルベルは服を脱ぐと、いつもの大型犬サイズの白狼に変化《へんげ》した。

その服はサラが預かり、アイテムガジェットに収納する。

一同は、それぞれの武器防具をシュウやサラから受け取り、装備していく。

「まだ森の端なのに、かなりの瘴気《しょうき》を感じます」

クリステルが緊張した声で呟いた。

世界樹やハイエルフが語るところによると、魔力には二種類の状態がある。

まず、魔泉と呼ばれる地表の穴から噴き出している魔力。これらは、強大な魔力を周囲にまき散らすが、同時に、魔力を吸収した者の本質さえ変化させることがある。

かつて、ジルベルが狼から銀魔狼に変成したように。また、ゴブリンやオーク、凶竜なども、何者かがこの魔力――瘴気を受けることによって変質したものだと言われている。

人間も強すぎる瘴気に晒され続けると、魔人になったり、時には、悪魔と呼ばれるような魔族になったりするようだ。

これだけ瘴気の強い状態だと、魔物たちは狂っているかもしれない。

それはつまり、これまでの旅とは違い、力量差などお構いなしに、常時襲いかかられる可能性が高いことを意味している。

また、瘴気を長く浴び続ければ、魔物はそれだけ強大な力を持つ存在になっていく。

これからの旅は、今までのように甘くは行かないだろう。一同は全員そう覚悟していた。

それに対し、今人々が住むエリアに漂っている魔源《マナ》は、そうした瘴気の噴出口を、世界樹が覆って吸い上げ、無害な存在としてから放出しているものだ。

実際、この森に入ってからシュウの心臓の横にある世界樹の種――ユーガの実体――は、一行の周囲にある瘴気を吸い取り、魔源《マナ》を放出し続けていた。

おのおの最上位精霊と契約を果たしている四人には、そのさまが目に見えている。

ユーガの出す魔源《マナ》を大量に吸収しているおかげで、一同は契約する精霊へ魔源《マナ》を与え続けることが出来ていた。

人間族が使う魔術は、自身の頭脳に記録された魔法式が一種の回路となり、肉体を媒体《ばいたい》として発現させる仕組みを取っている。

それに対して精霊魔法というのは、契約する精霊に魔源《マナ》を与え意思の疎通《そつう》を図ることで、契約者の求めに応じて精霊が魔法を発現する。もっとも強力なものになると、以前にクリステルが発動したような、精霊そのものを具現化させる召喚魔法に至る。

炎の精霊サラマンダーの精霊魔法は、召喚するまでもなくどれも強力な攻撃魔法である。あの時のクリステルは、どうしても召喚魔法を一度試したいという欲望に負け、使ってしまったのだ。

クリステルは今回もサラマンダーを召喚した。

ただし何かを焼くという目的ではなく、単にたいまつ代わりとして呼びつけたのだ。

険しい山の北の麓《ふもと》から登り始めたので、山が太陽を隠し影を作る。そして当然その分だけ日の陰りも早くなる。長年人間の立ち入らなかった手付かずの森は、大きな暗闇という状態だったのだ。

呼び出された直後のサラマンダーはひどく不本意そうだったが、一同から感謝を告げられるとまんざらでもなかったようで、それからはご機嫌に一同を先導して歩いている。

同じようにサラはウンディーネを、ザフィアはノームを、ジルベルはシルフを召喚してみた。

召喚すると、体内の魔源《マナ》は大量に消費される。

だがユーガから新たに生み出される魔源《マナ》の量があまりにも多く、またそれらを具現化した精霊たちも直接吸収できるような状態だったので、精霊も実体化したままで、一行の旅に付き添うことが出来た。

疲労すると睡眠の必要があるエルフや人間と違い、精霊たちは魔源《マナ》さえあれば不眠不休で問題がないのだ。

北麓《ほくろく》から登り続けて三日、ついに森がまばらになり、樹相《じゅそう》が変化してきた。落葉樹《らくようじゅ》が多かった森が、針葉樹《しんようじゅ》を中心にしたそれに変化している。

ここまで来ると、昼夜を分かたず魔獣に襲撃を受けた。

ほとんどは数匹の散発的な襲撃だったが、今日の昼過ぎ、初めて数十匹の群れに襲われた。ゴブリンやコボルドに交じって、オーク、オーガなどの大型のタイプもいた。

やはり瘴気でかなり強化されているのか、オークは強烈な魔法を使ってくる。

シュウたちは力を出し惜しみせず、精霊たちと力を合わせて四属性の攻撃魔法を乱舞させた。

破壊される森林には申し訳ないが、遠慮している状況でもない。木の上や岩の陰にいる敵にも、地形が変わるのもお構いなしに存分に魔法を撃ち込んでいった。

炎属性のクリステルは、燃えたぎる炎そのものを球にして、敵の魔物にぶつける。

水属性のサラは、凶悪な外見の氷柱《つらら》を投げ槍として射出する。

風属性のジルベルは、鎌鼬《かまいたち》で敵の首を正確に刎《は》ね上げる。

そしてザフィアは、地面から硬い岩の槍を何本も生み出し、襲ってくる魔物を次々と串刺しにしていく。

各精霊たちはそれぞれの契約者の背後に立ち、その攻撃をサポートしている。
五、六十匹は優に撃退しただろう。
最後に、逃走しようとするオークたちをまとめてクリステルが火だるまにした後、サラがウンディーネに頼んで、燻《くすぶ》っている焼け跡に水をかけ鎮火《ちんか》させた。

ユーガの護衛シュウには出番なし。

ただ、これほど瘴気の強いところで複数の種族の魔物が連携して頭脳戦を仕掛けてくるのは、一同にとって深刻な事態であることを示していた。

「よほど強制力のある上位の魔物が存在する」

ザフィアがそう言うと、ジルベルとクリステルが同意する。

サラとシュウはもともとこの世界の住人ではないから、そのあたりが感覚としてわからない。ただ、理屈として当然そうだろうと思った。

「ユーガ、どう？」

シュウはユーガに、魔泉の位置への感触を再度尋ねる。

「あっち」

ユーガは、目の前にある山のさらに上にそびえる一つの峰を指さした。

進行方向にある巨大な山というのは、歩いても歩いても、なかなか近付いているようには見えない。いつ魔物に襲われるかと警戒しながらの行程だと、気持ちが急《せ》くためなおさらだった。

目の前の山を尾根伝いに行けば、最短コースで裏の山に出られる。だが、目に見えぬ裏側がもし崖だった場合、そこまでの道のりが完全に無駄になってしまう。

仕方なく山腹をぐるりと回り込んでいくことにした。

日が陰るまで半日歩き、一行はやっと、目指す山の手前で邪魔するようにそびえる一回り小さな山までたどり着いた。

今日はここで野宿をする。

精霊たちに見張りを任せ、一同は沢の水で身を清め、サラとシュウがアイテムガジェットから取り出す新しい服に着替えて休んだ。

ブルーノと別れて五日。森を越えて登り続けたため、若干空気が薄いように感じる。

この辺の標高がどのくらいかはわからないが、高木が少ないところから見て、森林限界に近い高度だろう。

翌朝、全員が目覚めてからそろって朝食を食べ、再び山道を行く。

ジルベルが狼の姿で先導し、やっと山歩きに慣れてきた一同の歩みは当初よりかなり速くなった。

山腹を半周巡り、いよいよ目の前に目指す山が見えてきた。

瘴気がひどい。

荒れた山肌に、瘴気が霧《きり》のように噴き出ている洞窟があった。ここが地名通りの土地であるならば、この中に待ちかまえるのは当然、竜だろう。

シュウは一同を見回した。全員準備は出来ているようだ。

瘴気を晴らせるのはシュウだけだから、ここからは彼が先導していく。細い横洞《おうどう》をたどって下りると、朽ちた鍾乳洞《しょうにゅうどう》のような広間に出た。

シュウはユーガを抱きしめ、このひどい瘴気をすべて浄化させるイメージをする。やがて目の前の瘴気が薄れると、そこには魔力に狂った一頭の竜が待ちかまえていた。

「黒竜？　まさかっ！」

シュウはうめいた。黒竜の巣は大陸南西の山の中にあったからだ。

ゲーム世界と同じと考えると、今ここにいるのは他の竜だという淡い期待がシュウにはあった。

だが目の前の巨大な竜は、凶竜の中でも最強最悪の、魔力で黒光りする黒竜そのものだった。

魔力で変質した竜には、魔法がほぼ効かない。そして言うまでもなく、物理攻撃もほとんど通らない。

シュウとジルベル以外の三人は、戦いを精霊たちに任せ、後方でノームの作る障壁に隠れていた。おそらく、彼らの持つ武器で唯一攻撃が通る可能性があるのは、シュウとサラの持つドラゴンスレイヤーくらいのものだろう。

ジルベルは最大まで体を巨大化させた。

「ジルベル！　背中に乗せてくれ！」

シュウが叫ぶと、ジルベルは前脚を屈《かが》め、シュウが乗りやすいように待った。

シュウはジルベルの背によじ上《のぼ》り、「竜の背中に回り込んで、上から僕を降ろしてくれ」と告げる。

「何をする気だ？」

あまりにも危険すぎる。ジルベルは真意を測りかねた。

「あの竜の瘴気を吸い取ってみる」

「無茶だ！」

「でも、精霊たちの攻撃、全く効いてないでしょ？」

その通りだった。

シュウはアイテムガジェットから自分のドラゴンスレイヤーを取り出した。かつて、『黒竜殺し』の二つ名をシュウに与えた逸品《いっぴん》だ。

「とにかく、頼む。もし出来たら、僕を落とした後、なんとかあいつの注意を引いて欲しい」

「無茶を言いよる！」

ジルベルは器用に、四柱の精霊たちが黒竜に放つ魔法を避けながら、竜の頭上に跳ね上がった。竜はジルベルを一睨みすると、その剛健《ごうけん》な尾でジルベルを潰しにかかる。

すでに竜の背中に飛び移っていたシュウは、心臓あたりに目星を付け、両手でそこに触

れながらユーガを喚《よ》んだ。

「ユーガ、頼む！」

刹那。

竜の全身から、物凄い勢いで瘴気が抜き取られていく。

黒竜は、現在の最大の敵をシュウと見定めた。

尾で背中のシュウをはたき潰そうと狙った瞬間、その尾に、巨大な実体と化したサラマンダーが食らいついた。

右の後ろ足を、ウンディーネが必死に凍り付かせようとしている。

左足は、ノームが石化させようと続けて術を繰り出す。

シルフも黒竜の目と耳を竜巻で塞ぎ、混乱を与えようと奮戦している。

そしてジルベルが、竜の喉元に噛みついて引きずり倒そうと試みた。

「間に合え！　間に合ってくれ！」

竜の全身からシュウは必死で瘴気を抜き出す。

「ギャン！」

真っ白な毛を真っ赤な血で染めて、悲痛な叫びを上げたジルベルが、サラたち三人を護る障壁の前に弾き飛ばされていった。

サラは完全に我を失った。

アイテムガジェットからドラゴンスレイヤーを取り出すと、彼女はその剣を振りかざし、障壁から走り出して竜の眼前に躍り出た。

サラに一瞬気をとられた黒竜は、背中に痛烈な一撃を食らって身を跳ね上げた。

シュウが背中の鱗《うろこ》を破砕《はさい》しながら、ドラゴンスレイヤーを突き立てたのだ。

「グォォォォォオ！」

竜はその瞬間、初めて自分の置かれた状況に気が付いた。

「殺しちゃダメ！」

ユーガが叫んだ。

その声に圧倒されて一同は立ちすくむ。彼らだけではない。暴れていた竜も同じだった。

シュウが竜に突き立てていたドラゴンスレイヤーを引き抜くと、竜はその場に倒れ伏した。

竜の体では、つい寸前まで漆黒《しっこく》だった鱗が、純白に光るそれへとみるみる変化していく。

「白竜！　なんで……」

シュウは呆気にとられていた。

「ウンディーネ！　ジルベルを！」

その横でサラが、もはや悲鳴に近い声でウンディーネを呼び寄せる。

シルフがジルベルを抱きかかえるような仕草で、ジルベルの中に溶けて消えた。彼女の全身から魔源《マナ》が失われ、体がみるみる縮んでいく。

ウンディーネとサラは必死で《ハイ・ヒール》をかけ続けている。

白竜の傷はユーガが癒していた。出血は止まったが、シュウの刺した一撃は相当の深手《ふかで》だった。

シュウは倒れ込んでいる白竜の顔に手を当てて、心の中で詫びる。

その瞬間。

完全に誰一人認識できなかった。

褐色《かっしょく》の肌に銀の長髪。あまりに美しい魔性の美貌。中性的な容姿を持つそのダークエルフの男は、どこからともなく舞い上がるように現れ、シュウを背中から剣で刺し貫いた。

「な……」

声を上げようとしたシュウは、自分の口からこぽっと湿った音がはじけるのを聞いた。

そして、自らの胸から突き出ている剣の正体を直覚した。

「ソウルイーター……」

だがその声も、喉からせり上がる血の泡にかき消される。

ソウルイーター――人の命を啜《すす》るために、持ち主さえ使役する魔剣。

シュウはその剣に胸を貫かれたのだ。

最初に動いたのはザフィアだった。シュウを刺した姿勢のままのダークエルフに向け、素早く矢を放つ。

だがダークエルフが左手を一振りすると、激しい閃光と共に矢は跡形もなく消え去ってしまう。

サラは目を疑った。あれは物理攻撃を吸収する聖属性魔法《マジック・シェル》だ。

ゲームでは、闇の種族であるダークエルフには使えないはずだった。

しかし、シュウから剣を抜こうとしたことが、その男――ダークエルフ唯一の油断だった。

「くそおっ！」

シュウが最後の死力を振り絞って、男の両手首をがっちり押さえる。

ダークエルフの顔が驚きにゆがむ。ソウルイーターに貫かれ、動ける人間などいないはずだった。

ザフィアは続けざまに、ノームの力を込めた三本の矢を放つ。

最初の一本が、動きを封じられたダークエルフの右肩の肩甲骨《けんこうこつ》を粉砕し、次の矢が右肺を潰し、最後の一本が脊椎《せきつい》を両断する。

ダークエルフは剣を握ったまま、足下の大穴――瘴気を吐き続けている穴に落ちていった。

シュウを巻き込んで。

その瞬間、白竜を癒していたユーガの姿がかき消える。

「いやーっ！」

サラが血相を変えて、絶叫した。

「サラ、お願いしっかりして！　今やめたら、ジルベルも！」

クリステルが駆け寄ってサラを抱きしめるが、サラはあまりのショックで、魂が抜けてしまったように虚《うつ》ろな状態になっている。

ウンディーネが、悲しそうな表情で消えていった。

クリステルが必死でサラの頬を叩くが、サラの意識は回復しない。

ザフィアが大穴に駆け寄ってのぞき込む。

あまりに深いその穴は、ほんの少し先で漆黒の闇に消え、何も見ることが出来なかった。

◇◆◇

どれくらいの時間が過ぎただろうか。魔泉の大穴に落ちていくシュウの胸の傷から、世界樹の種が飛び出した。

種は、荒れ狂うような魔泉の瘴気をほんの一瞬ですべて吸い込み、目も眩《くら》むような輝きを発した。

大穴からまばゆい光が溢れ出し、目の前に、この惨状とはあまりにかけ離れた幻想的に美しい光景が創造された。

穴から一気に噴き出す魔源《マナ》。そしてその魔源《マナ》を追うように、一本の樹が、まるで何百年分の映像を早送りするかのようなスピードで伸び上がっていく。

そこにいたすべての者が、樹の中に吸い込まれて消えた。

鍾乳洞の天井を突き破り、山肌をも食い破って、大空に高くそびえた一本の巨木が輝いている。

ここに新たな世界樹が誕生した。

世界樹――ユーガの中では、多くの命が一堂に会し、癒されていた。それをクリステルとザフィアは呆然と眺めていた。

サラ、ジルベル、白竜、そして……。

「シュウ……」

ザフィアはノームに促されるまま、シュウの胸に刺さったソウルイーターを引き抜いた。

禍々《まがまが》しい悪意に満ちた剣は、柄を握っただけでザフィアの手のひらを蝕《むしば》みただれさせたが、彼は意にも介さなかった。

抜いた剣を投げ捨てると、ザフィアの両手は、即座にユーガによって癒される。

シュウの傷口もまた、みるみるうちに塞がっていった。ジルベルの傷も、白竜の傷も。

だが、誰一人、目を醒《さ》ますことはなかった。

「なぜだ！」

「あまりに深いダメージのせいで、肉体が癒えても、精神の回復を許さない」

ザフィアの疑問にノームが答える。

「時が要る」

次いでサラマンダーが言った。

「あなたたち二人は、為すべきことを為して」

ささやくウンディーネ。

「為すべきこと?」

シルフがクリステルの質問を引き取った。

「世界樹を護る宿命の一族を、そなたらの眷属《けんぞく》を、ここに呼び寄せるがよい。新たな世界樹の、この周囲こそが、そなたら宿命の一族の新たな故郷となるだろう」

クリステルとザフィアは、後をユーガたちに任せ、すぐに旅立った。

ユーガと別れると、例の鍾乳洞に出ることが出来た。少し崩れかけて危険だったが、なんとか横道から地表に出る。

振り返ると、美しい世界樹が新たな息吹《いぶき》を枝々に芽吹《めぶ》かせ、美しい緑色の光に包まれながら二人を見つめているようだった。

「行きましょう」

クリステルがザフィアを促した。

「皆、無事だといいが……」

ザフィアは、やっとそう言葉を絞り出す。

「大丈夫です。きっと、大丈夫です」

クリステルは、弟の顔を両手で優しく包むと、そっと彼の頭を抱きしめた。

そしてその額に口付けすると、もう一度力強く言った。

「さあ、行きましょう」

サラが目覚めると、そこにはウンディーネと、美しい緑の髪をした、自分と同じくらいに見える女性がいた。

「ユーガ様だよ」

ウンディーネが微笑みながら紹介してくれた。

ずいぶん大きくなったんだな、とサラは思った。

「……皆は？」

「付いてきて」

ウンディーネが優しくサラを支えて歩かせてくれる。

「ジルベルはもうじき目覚めるわ。シュウはまだ、時間がかかるかも」

シュウはまるで死人のように、土気色の顔をしている。

じっと見ていても、呼吸を忘れたかのように全く動いていなかった。

「死んではいない。けど、生きてもいないの」

ウンディーネは続ける。

「シュウを刺した剣だけど……ソウルイーターだったわ。ユーガ様が、もうじきその剣と対決なさるそうよ」

ウンディーネはそっとサラの肩を抱いた。

「ソウルイーターは魂を食らう。剣がシュウを貫いた時、最初は、より大きな魂を持つユーガ様が狙われたみたい。でもシュウがユーガ様を護って、代わりに食われたの」

「……」

サラは言葉が出なかった。

正直……正直、ユーガかシュウかと問われたら、サラはシュウに生きていて欲しかった。

ユーガが滅べば、この世界は崩壊するかもしれない。

だが、こんな不条理な世界にある日突然放り込まれて、それでもなんとかサラが今日まで生きてこられたのは、シュウが隣で一緒に生きてくれたからなのだ。

サラには「自分とシュウ」という括《くく》りと、「それ以外」という区分がはっきりとある。

そのシュウがいなくなるようであれば、サラはもはや、自分の命さえどうだっていい。

サラとウンディーネは、契約というとても深い絆でつながっている。ウンディーネには、サラの想いがすべて伝わっているだろう。

「ユーガ様を信じて待とう。今はそれしかないよ」

ウンディーネには、そう告げる以外に術はなかった。

やがてジルベルが目覚める。

竜にその身を切り裂かれ、激しく消耗したジルベルだったが、幸い、世界樹として覚醒したユーガの癒しがよくなじみ、急速に回復していた。

「やれやれ、ひどい有り様だの」

ジルベルはぼそりと呟いた。

「ジルベル？」

サラは大型犬のサイズのままの白狼の横に座った。

「サラ、すまなんだ」

サラは首を横に振った。

ジルベルも、流れ出していく自身の生命を感じながら、シュウが刺される光景を見ていたのだろう。

ジルベルは、自分を助けようとしてサラが治療をしていたからこそ、シュウへの奇襲を防げなかったことに気が付いている。

それを詫びているのだ。

サラもジルベルも、今ここにシュウの魂がいないことを敏感《びんかん》に悟っていた。

サラはジルベルを抱きしめる。

ジルベルはされるがままに、それを受け入れていた。

◇◆◇

「なあ、お前何者だ？」

何かがシュウに話しかけた。

「……お前こそ何者なんだよ」

意識が覚醒しつつある。

シュウは、朝のまどろみのような、自分の意識を覆う重い幕のようなもやを払って、まぶたを開けてみる。

そこには真っ黒な闇がいた。

「俺はまあ、魔剣だな。お前らはソウルイーターと呼ぶ」

「僕はシュウ。お前に刺された人間だ」

「嘘つけ。人間だったらもうとっくに食い終わってる」

そういえばここはどこだろう？

シュウはあたりを見回す。

全体的にほの暗く、周囲を見回しても、三メートルくらい先からは何も見えない。

そこに、うごめいている闇がいて、シュウに話しかけているのだ。

「どうもお前には近付けない。なんかやばい。お前、もうこっちに命を吸い込んでからだいぶ経つのに、ちっとも弱りゃしねえ」

なるほど。だとするとここはソウルイーターの内部なのだろうか。

「で、お前は何者なんだ？」

ソウルイーターは再び聞いた。

「たぶん、ただの人間だ。まあもしかしたら、僕の体と精神がどこかでつながっていて、そのせいで弱らないのかもしれないな」

「ふーん。でもこれじゃ、俺にはお前を食えそうにないな」

心底残念そうにソウルイーターは言った。

「なあ、ちょっと聞きたいんだけど、お前はなんで人の命を食いたいんだ？」

シュウはちょっとこの剣に興味が湧いた。

こっちに来てから全く何も出来ていないが、シュウも鍛冶師《かじし》の端くれではある。もちろん目の前の剣も興味の対象になる。

「わからん。俺は生まれた時から俺だった」

つまり、呪いのある魔剣として打たれ、完成し、その時から喰らい続けているのだろう。

そういえば……ふとシュウは思い出した。

もし仮に自分の魂が肉体とまだつながっているのなら、この闇を吸い取って浄化できるんじゃないだろうか？

「なあ、もし僕がお前の『呪い』を解いたとしたら、お前はどうなる？」

「そいつは俺にもわからないな。俺は俺以外になったことないしな」

ソウルイーターは答える。

とりあえず、こうしていても埒《らち》があかないな。

シュウは、ダメでもともとと、例の瘴気を吸い取る術をイメージしてみた。

「お、おい！　何するんだ！」

ソウルイーターが焦りの声を上げた。

ソウルイーターから見ると、シュウは何かの祝福らしき光を纏《まと》っていたのだが、その光が一段と激しくなったのだ。

闇の眷属《けんぞく》のソウルイーターは光を嫌う。そのため、半ば無意識に闇を操り周囲に漂わせているのだが、なぜかその闇を目の前の少年の魂に食われてしまっている。

ソウルイーターは、生まれて初めて食われる立場に陥った。

周囲の闇を吸い取ると、新たに生まれた闇からは、今までの瘴気とは違う、悪寒《おかん》のような気配が感じられた。

どうやら、ソウルイーターに食われた魂の残滓《ざんし》のようなものらしい。

痛みや苦痛、絶望といった負の感情がシュウの魂を震えさせる。

「や……めて……」

ソウルイーターはうめいている。はるか先まで見渡せるほど明るくなったソウルイーターの中で、わずかにうごめくその固まり。みるみるうちに、わずかに残った闇が吸い取られていく。

「シュウ！」

懐かしい声が、突然シュウの魂の内側から呼びかけてきた。

「ああ、ユーガ？」

「うん。シュウは剣の中？」

「そうみたい。今、例の瘴気払うのをやってたんだけど、これでソウルイーターを解呪できるみたい」

「そう。シュウの体からすごい怨嗟《えんさ》が上がってる。これ、祓《はら》っていい？」

「よくわからないけど、ソウルイーターの被害者みたいだから、祓ってやってくれるかな？」

「わかった」

もはや目の前のソウルイーターは、ビー玉ほどのサイズになっていた。

シュウはそれを手のひらにすくい取ってみる。

「なあ。お前がこの剣の核なのか？」

「……う」

ソウルイーターはもはや、言葉を紡ぐだけの力も残っていないようだ。

シュウは、この剣を消し去るのがちょっと惜しくなった。

ものは試しと、この核に、闇の瘴気とは全く異質の、ユーガが生み出す魔源《マナ》を大量に流し込んでみる。

するとソウルイーターが持っていた闇は完全に払拭《ふっしょく》され、その核は、やがてシュウの背丈と同じくらいの丸い固まりへと成長していった。

どうやら、解呪は完全に終わったようだ。

「さて、僕はもう帰らなくちゃ」

シュウはソウルイーターだったものに話しかける。

「……わかった」

それはそう答えた。

「ユーガ、そっちから僕の魂を引っ張れる？」

「うん」

その瞬間、恐ろしい力でシュウの魂は引き上げられていった。

「もうちょっと優しくーー！」

その叫びは、残念ながら受け入れられないようだった。

◇◆◇

「やあユーガ、しばらく見ないうちにおっきくなったねえ」

シュウが肉体に戻っての第一声はそんな感じだった。

そしてふと不安になって、ユーガに聞いてみた。

「まさか僕、何十年も寝ていた訳じゃないよね？」

ユーガはふるふると首を振った。

妙齢の絶世の美女なのに、こういう仕草は少女だった頃のままだなと、シュウは変なところで感動する。

「シュウ君！」

そこにサラがやってきた。

サラはいきなりシュウに駆け寄ると、きつく激しく抱きしめた。

「心配……したんだ……から！　しんぱ……」

声を上げて泣きじゃくり、言葉も上手く出せないサラの頭を、右手でそっと撫でる。

サラの嗚咽《おえつ》が収まり、やっと落ち着いた頃、今度はジルベルがやってきた。

狼の姿のままだったが、ベッド脇からシュウの横に飛び移って、シュウの膝に頭を乗せる。

シュウはふと心配になって、ジルベルの背中にそっと触れた。

「よかった、ジルベル。傷はもういいんだ？」

「うむ。サラが癒してくれた」

「そうか。サラ、ありがとう」

サラはまだ鼻を鳴らしながら、えへっと微笑んだ。

サラのこの表情は、いつ見てもシュウにとってはたまらない魅力的なものだった。

ここはユーガの中らしい。いつかの老世界樹の中のように、ユーガも世界樹としてさまざまな力を顕在化《けんざいか》させているようだ。

「紹介したいひとがいる」

ユーガに連れられ、一人の女性が姿を見せた。

白竜か。すぐにシュウは気付いた。

見た目はすっかり人間の女性だが、何となくシュウにはわかったのだ。

「シュウさま……まずはご無事で何よりでした」

そう言って、白竜の娘は片膝立ちでシュウに頭を下げた。

「ありがとうございます。えーと……すいません、お名前は？」

「私には名前がありません。もし不自由でしたら、どうぞシュウさまがお与えください」

「……また？　うーん。じゃあ、シュネーヴィット。シュネはどう？」

「どのような意味ですか？」

「僕のいたところの昔話の登場人物だよ。白雪姫」

「白雪姫……」

白竜は、頬を真っ赤に染めて、両手で自らの頬を包んでいる。

そういえば、竜の化身だというのに彼女は小さい。別に人化といっても、サイズはどうとでもなるのかな。そんなことを考えるシュウ。

「どう？　気に入ってくれたら、これからはシュネさんって呼ばせてもらうけど」

「はい。よい名前をいただきました」

「ところで……まさか名を付けた男に嫁《とつ》がねばならないとか、そういうのはないよね？」

「……！」

シュネは真っ赤になってうつむき、小声でシュウに答えた。

「幾久《いくひさ》しくお仕えいたします。旦那様」

……ええと。

そっちの話はともかくとして、まずはここで何が起こったのかシュネに聞きたいと思い、彼女を伴って、一同がいる広間に行った。

サラとジルベルとは、人の姿では初めて会うらしい。

「シュネさん。こっちがサラ、こっちがジルベル」

「シュネと申します。シュウさまにお名前をいただきました」

ぴくり、ジルベルが反応した。

「とにかくまずは、シュネさんのわかる範囲で、あの男のことを教えて欲しい」

あの男――シュウにソウルイーターを突き刺したダークエルフ。

「はい。この洞窟は、私たち白竜の巣でした」

ある日、強大な魔法が地下から発動し、あの男が現れた。

その瞬間、この一帯はかつてないほどの魔力の噴出に晒され、その瘴気でシュネたちは意識を侵されていったのだという。

「意識をなくした後のことは、ほとんど覚えてません。間違いないのは、あの男はある日突然、地下に穴を掘りにやってきて、その穴が巨大な魔泉と化し、私たちを襲ったということのみです」

この洞窟にはシュネの他にもかつて白竜だった者たちがいたが、今はどうなっているのか、どこにいるのかもわからないという。

「ですから、皆様のこれからの旅に、私も同行させていただきたいのです。そして、もし私のように瘴気で狂う同胞を見つけましたら、シュウさまのお力で、救い出していただきたく存じます」

「ところで、あなたもシュウ君のお嫁《よめ》さんになりたいとか言い出さないわよね？」

サラ……ここでそう来ますか。シュウは頭を抱えたい気持ちになった。

シュネの反応は見事だった。見事に先ほどと同じ――。

頰を真っ赤に染め、うつむいて両の手のひらを頰に添えて、もじもじと。

その仕草は何にもまして雄弁《ゆうべん》に、シュネの気持ちを表していた。

「……」

サラはなぜかシュウを睨む。

「怖いんですが……シュウはため息をついた。

7

シュウが一同に、とりあえずラドムの村に戻りたい旨を伝えると、全員承諾してくれた。いずれエルフたちがここの守護のために訪れるかもしれないが、それはクリステルとザフィアの仕事ということになるだろう。

上手くいけばラドムで落ち合えるかもと、シュウは思っている。

旅立つ際、シュネがこの洞窟にある竜たちが蓄え続けた財宝をシュウに譲ってくれた。今とはデザインが違う金貨や銀貨、色とりどりの宝石や魔石、そして、武器や防具が山ほど。

それらをシュウは、無造作にアイテムガジェットに放り込んだ。

シュネもアイテムガジェットの存在は知らないようでとても驚いていたが、「それは便利ですね」とだけ理解したようだ。

普通に歩いてラドムまで行くとなると、だいぶ時間がかかってしまう。

そこで、シュネが一同を背に乗せて、例の森の手前まで飛んでくれることになった。

ユーガとはここでお別れになる。サラはとても悲しんだが、シュウは、自身とユーガがどこかしらでつながっているのを感じていた。

一度縁を結んだ世界樹とその守護者は、決して離れることがないらしい。

それは物理的な距離に左右されない精神的なつながりだから、気にしないで旅をしたらいいと、ユーガは言っていた。

ここに一人でユーガを残すのは少し心がとがめるが、シュウにとっては、いろいろ片付けておきたい話もある。

一同が旅立つと、ユーガは強い結界で己の周囲を囲った。

その内部は強い魔源《マナ》に満ち溢れ、中の植物を通常では考えられないような速さで育てていった。

もうじき、ここも森になるのだろう。

シュウたち一行はラドム村を経て、幼い世界樹の種子――ユーガの旅立ち以降、久しぶりにネクアーエルツの大森林に戻ってきた。

先行して事情の説明に赴いていたカトヤとクリステルの働きで、今回は森をあげての出迎えとなっていた。

神獣と言ってもよい白竜の背に乗って降り立った、人間の男女と銀魔狼。

彼らが――この森のすべてのエルフたちにとって畏《おそ》れ敬うべき次代の「世界樹の守護者」である事実が、彼らの存在感とともにひしひしとエルフたちに伝わっていた。

この森すべてのエルフにとっての長であるグイード自らが膝を折り、シュウたち一行に敬意を表した。龍の姿から人化したシュネと四人が、そのグイードに返礼をする。

「シュウ殿。こたびのこと、深く感謝いたします」

「いえグイードさん。かつてあなたが成し遂げたことが、やっと僕にも出来たというだけです」

「……！　シュウ殿、それは……」

それは誰も知らない、世界樹とグイードだけの秘密だった。

だが同じ立場になって初めて、シュウにはそれが理屈でなく直感できたのだった。

グイードはシュウの瞳からその確信と、自身に対する深い敬意を読み取り、危うく数百年ぶりに泣き出しそうになってしまった。

世界樹の守護者という、誰にも理解されない、己だけが背負った責任の重さ。それを知る者がいま目の前にいる。

長命であるエルフの中でもことさらに長命である理由。それがグイードの背負った『宿命』である。自らの宿命が終わる時に、やっと巡り会えた年若き同志。彼の手を取ると、グイードは万感の思いを込めて、もう一度頭を垂れた。


竜の巣に出来た新たな世界樹の扱いなどを、シュウはグイードに一任した。

当座の手配は、すでに先行したザフィアたちで間に合うだろう。

そうした打ち合わせに数日かかるなかで、滞在するシュウが、だんだんと不機嫌になっていっていることにグイードは気付いていた。

「シュウ殿、何かお気に障《さわ》られましたか？」

やむなくグイードはシュウに尋ねた。

「グイードさん。カトヤたちに対するあなたの一族の態度は、まだ相変わらずなんですね？」

気に障ったどころではなかった。シュウは、彼女たちに対するエルフたちの空々《そらぞら》しいほどの黙殺に、珍しく激怒していた。

「彼女たちの献身《けんしん》があって今日があるのに、エルフというのは恩知らずなんでしょうか？」

カトヤとクリステルは、エルフの慎みを大きく逸脱《いつだつ》する行為――人間の住む街に移りそこで暮らすという不謹慎《ふきんしん》な存在として、エルフの世界では忌み嫌われていた。

すべての事実が明かされた後も、エルフ族に残ったしこりは解消されていないのだ。

新たに世界樹の守護者の一人となったクリステルはまだいい。

カトヤはこの森の世界樹の傍らに残ると決めたために、不要な――とシュウが感じる――孤独の中で今も過ごしている。

「グイードさん。明日、集められるだけのエルフ族を集めてください。カトヤさんたちの名誉回復をさせてもらいます。お願いします」


翌朝、いぶかしげに招集に応じた森のエルフたちが、世界樹の前の広場にそれぞれの氏族ごとに整列した。ぱっと見ただけで四、五百人ほどはいそうだ。

集まれる者たちがほぼ集まったところで、シュウは世界樹の根元に立ち、声を張り上げた。

「あなた方に、今回の『新たな世界樹の旅立ち』の最大の功労者を紹介します。カトヤさんです」

わずかながら不快感を伴ったざわめきが起こる。理性で事情を知ってもなお、感情の奥深い嫌悪感が払拭できないのだろう。

　呼ばれたカトヤが、シュウの横に進み出る。

　日頃の明るさはなりを潜《ひそ》め、この、長い長い年月を生きてきた経験豊富なハイエルフでさえ、今なおどれほどの傷を心に抱えているのか……表情は硬く、暗かった。

「あなた方エルフの風習にカトヤさんが、クリステルが従っていたら、僕たちは世界樹の守護者として、いまここに立っていません。彼女たちが、住み慣れたこの故郷を離れ、困難の中で僕たちを探してきたからこそ、今僕たちはここにいます」

　シュウは必死で、ここに集まったエルフたちに訴えかける。だが、いかに新たな守護者の言葉であっても、彼らの心を揺さぶることはなかった。

　シュウは必死で言葉を紡ぐ。

　カトヤとクリステルの旅がどれだけ厳しく、孤独で、困難なものだったかを。

　故郷の仲間から白眼視され、人間社会にもなじまず、ひたすら誰かを待ち続ける苦しさ、悲しさを。

　だが、そこにいるエルフたちの集団の心には、シュウの言葉は波紋《はもん》一つ起こせなかった。

　伝わらないもどかしさと苛立ちで、ついにシュウの言葉は途《と》絶《だ》える。

　その時、シュウとカトヤの周囲に、四人の精霊王が降り立った。

彼らはシュウとカトヤの前に拝跪《はいき》する。さらに、老いた世界樹の現身《うつしみ》とユーガが現れた。エルフたちは息を呑み、全員が片膝を地に突け、深々と頭を垂れた。

カトヤも慌てて、片膝を突けて右手を胸に当て、最敬礼の姿勢を取ろうとする。だが、そのカトヤの手を老世界樹が両手で押し頂いて言った。

「我らの宿命をお導きいただき、感謝する。誇り高き精霊の末裔《まつえい》たるそなた、カトヤよ。そなたは新たな世界樹の守人《もりびと》たる者たちを、長い長い時をかけて探し出し、我らの元に導いてくれた。精霊王たちも、そなたの勇気と努力に感謝しておる。カトヤよ、我らはそなたに、必ず報いよう」

老世界樹の言葉を聞き涙を流すカトヤ。その涙は彼女にとって、何百年ぶりかのものだった。

四人の精霊王が発する凄まじい精気は、ここにいる者たちすべてに等しく強烈なプレッシャーとなっている。

その中で、老世界樹は傍らに立つグイードに命じた。

「ハイエルフの長よ、我が友よ。今ここで誓え――カトヤをおろそかにする者を、二度とその一族から出さぬことを。密命ゆえに耐えねばならなかった彼女の苦しみを、これからも強いるような者たちは、我らの傍にあって欲しくない！」

「ち……誓います」

グイードもその右目から一筋、涙を流した。

「今日ここに集ったすべての者に問う。世界樹と精霊王の意思を我らは聞いた。なおもその意に沿えぬ者は、いまここで名乗るがよい！」

エルフたちは誰一人、敬礼の姿勢を崩さなかった。

「カトヤをこの時より我らの英雄として扱う。異存はあるか？」

エルフたちは沈黙を以て賛同した。

「……皆、ありがとう」

腰に抱きついたユーガの頭を撫でながら、シュウは老世界樹の現身と、四人の精霊王たちに感謝した。

「シュウ殿、我らこそ感謝する」

老世界樹は続ける。

「本来、我らが気付き、言わねばならぬこと。我らのような存在はどうしても、人の世について疎《うと》い。カトヤの心まで思いが至らなかったこと、シュウ殿に教えられた」

その光景を、その場のエルフ一同は呆然と見守っていた。

「シュウ殿、これからどうなさるおつもりですか？」

グイードが尋ねる。

「ひとまずレオナレルに戻って、シュネの仲間たちを探してみます」

竜の巣の一件で、シュネの仲間である白竜は、ちりぢりになってしまったらしい。

当事者であるシュネが黒竜化してしまったこともあって、その後の状況も、仲間たちの音信も不明のままだ。今のシュウたちであれば、仮に黒竜化した凶竜であっても何とか元に戻せるだろう。何よりシュネの気持ちを思えば当然の選択だった。

振る舞われた昼食が終わると、何やら人変わりしたように穏やかな表情のカトヤに別れを告げ、シュウたち一行はレオナレルの屋敷に旅立った。


ネクアーエルツからレオナレルまでは、馬車だと十五日の道のりだが、竜に戻ったシュネの背に乗れば、夜半には到着するだろう。

クリステルは狼化したジルベルの背に乗って、北の商都エベルバッヒで情報収集に当たることになった。

現在、竜の巣の若きリーダーとしてザフィアが、ラドムの陣頭指揮でラルスとブルーノが活動している。レオナレルの邸宅は、ラルス子飼いのメイド長カタジーナが切り盛りしているはずだ。

別れの言葉と共にシュウとサラは、シュネの背に乗って旅立った。

グイードはその姿を、万感を込めて見送った。あと何回、あの若者の背中を見送れるのだろう。

「カトヤ、済まなんだ」

グイードは、後ろに控えるカトヤに詫びた。

「辛い思いをさせた。長いことな」

「い、いえ」

カトヤは戸惑いつつ答える。

「シュウ殿は若い。しかも人間の子だ。あの純な若さに、当てられてしまったよ」

振り返ったグイードは、両目からとどまることのない涙を溢れさせていた。

「これからシュウ殿は、目映いほどに成長するだろう。儂らと違い、人間の精気に満ちた行動力と、野心と、欲望に染まることもあるだろう。だが、あれはいつか『高み』に上るやもしれん。儂はその時、もはやこの世にはおるまいが」

ハイエルフとしても常ならぬ高齢のグイードだ。

彼がこれまで命を長らえてきたのは、老世界樹の守護者として、湧き上がる生命力を共有していたからこそだった。

「現世《うつしよ》とはままならぬものよ。シュウ殿がその気になれば、世界樹も、精霊王も、まず大《たい》概《がい》の願いは喜んで聞き入れよう。なのに、その守護たるエルフたちには彼の思いが届かない。なぜかわかるか？」

カトヤは、少し首をかしげて、答えた。

「人間、だからですか？」

「それもある。だが、それだけではない」

「まだ幼いから……でございましょうか？」

「まあ半分正解であろう」

グイードの瞳はすでに乾いていた。

「シュウ殿は、正しいと思ったことを話せば他人は理解してくれると信じているところがある。恐ろしいほどまっすぐで、陽に向かって伸びる向日葵《ひまわり》のように明るい。彼を知る者たちは、一日知れば一日分、彼に惹かれていくだろう。だが彼を敵とするものは、一日知れば一日分、彼を怖れる」

「はい」

「シュウ殿は、正義で人を動かせると思い込むところがある。だが、正義などというものにはなんの説得力もないのだ。よいかカトヤ。おぬしがここに戻った後の仕打ちを思うがよい。それこそが世の真実だ」

「……はい」

「正義を正義たらしめるのは、その圧倒的な力だ。背景に力があるからこそ、正義の言葉は人を動かす。だから儂は、世界樹に請《こ》うて精霊王を喚《よ》び出した」

グイードは言葉を切ると、しばし無言で目を閉じた。

カトヤも静かにグイードの言葉を待った。

「儂の命が尽きた時は、カトヤ。お前がシュウ殿を護っていけ」

「……承知いたしました」

◇◆◇

忌々しいハイエルフに射抜かれた傷がうずく。

脅威の治癒力で癒してはいるが、絶たれた脊椎と砕かれた肩甲骨の治癒は、恐ろしいほどの激痛を伴う。本来癒えるはずがない傷を、魔力で活性化させた自らの細胞を書き換えて治す。

あの小僧があそこまでやるとは。もっと早く始末しておくべきだった。再び襲う苦痛が、彼の意識を刈り取る。

この世界唯一のダークエルフ。

彼は、地下を流れる地脈の激流に身を預け、再び覚醒するまで、世界のどこかを漂い続けるのだろう。

傷が癒えたら、必ず目障りな小僧《シュウ》と娘《サラ》も始末してやる。待っているがよい――。

浮かんでは消える意識の中、ダークエルフは繰り返しその思いを心に刻んでいた。

あとがき

本書を手にとっていただき、ありがとうございます。

『レジナレス・ワールド』は、「小説家になろう」というインターネットの小説サイトから生まれました。その世界観は、私自身が幼い頃から親しんできた幻想的《ファンタジック》な作品が、私というフィルターを通して改めて具象化《ぐしょうか》された結晶とも言えます。

未開の土地、牧歌的《ぼっかてき》な農村、近代化されていない社会、そして、魔物や精霊や、剣と魔法。そんな中で現代っ子のシュウとサラがどんな風に世界と触れ合い生きていくのか――。

逆境《ぎゃっきょう》にあっても、常に明るくひたむきな人物は、周囲の人間たちに何故、ポジティブな影響を与えるのだろう?

そんなテーマを追い求め、語り手である私自身が、彼らとともに手探りで渡り歩いた作品です。

出版にあたっては、当初の物語に大幅な加筆修正を行いました。その際、励ましや温かい支援のお言葉をいただいた皆様には心から感謝いたします。また、イラストレーターのＰＯＫＩｍａｒｉさんには美麗《びれい》なイラストで物語のイメージをリアルに描いていただきました。お蔭様《かげさま》で、シュウとサラをはじめ、彼らの仲間たちの冒険もレジナレスの大陸全土に見事羽ばたくことが出来たと思っています。

また、小説家になろうで掲載の折、ご感想をいただいたりポイントで評価してくださったり、細やかなご教示をいただいた皆様。まず、私自身が楽しませていただいた読者の一人として、その土壌《どじょう》の中から成長させていただいた者として、改めて御礼申し上げます。

そして、本書をお読みくださった読者の方々。

もしよろしければ、シュウとサラ、さらには彼らが巡り会った仲間たちの物語をこれからも見守っていただければ幸いです。

二〇一五年三月　式村比呂

超エンタメファンタジー!
最新6巻
大好評
発売中!
アルファポリスCOMICS
漫画:竿尾悟
コミックス
各定価:本体700円+税
アルファライト文庫
文庫
外伝2巻
(上・下)
待望の文庫化!
各定価:本体600円+税
イラスト:黒獅子
2015年7月より
TOKYO MX ほかにて
放送開始予定!
TVアニメ
STAFF
監督……京極尚彦『ラブライブ!』
シリーズ構成……浦畑達彦『ストライクウィッチーズ』
キャラクターデザイン……中井準『マルドゥック・スクランブル』
音響監督……長崎行男『ラブライブ!』
制作……A-1 Pictures『ソードアート・オンライン』
CAST
伊丹耀司……諏訪部順一
テュカ・ルナ・マルソー……金元寿子
レレイ・ラ・レレーナ……東山奈央
ロゥリィ・マーキュリー……種田梨沙 ほか
続報はアニメ公式サイトへGO!
http://gate-anime.com/
ゲート アニメ
検索

各定価：本体 1700 円＋税　イラスト：Daisuke Izuka

ネットで人気爆発作品が続々文庫化！

アルファライト文庫 大好評発売中!!

『災厄の邪神』として召喚された青年が
超チート性能《スキル》で
異世界大変革《カスタマイズ》！

ワールド・カスタマイズ・クリエーター1～5

ヘロー天気 *Hero Tennki*　illustration：匈歌ハトリ

武器強化・地形変動・味覚操作――
平凡ゲーマーが混沌とした異世界を大変革

ある日、突如異世界に召喚され、『災厄の邪神』となった平凡ゲーマー青年・田神悠介。そこで出会った人々と暮らすうち、次第に異世界の複雑な政情が明らかになっていく――武器強化・地形変動・味覚操作……何でもありの超チート性能を武器に、平凡青年が混沌とした異世界に大変革をもたらす!? ネットで人気の超チート系ファンタジー、待望の文庫化!

文庫判 各定価：本体610円+税

アルファライト文庫

本書は、2012年7月当社より単行本として
刊行されたものを文庫化したものです。

レジナレス・ワールド 1

式村比呂（しきむらひろ）

2015年 5月 26日初版発行

文庫編集－中野大樹／宮坂剛／太田鉄平
編集長－塙綾子
発行者－梶本雄介
発行所－株式会社アルファポリス
〒150-6005東京都渋谷区恵比寿4-20-3恵比寿ガーデンプレイスタワー5F
TEL 03-6277-1601（営業） 03-6277-1602（編集）
URL http://www.alphapolis.co.jp/
発売元－株式会社星雲社
〒112-0012東京都文京区大塚3-21-10
TEL 03-3947-1021
装丁・本文イラスト－POKImari
装丁デザイン－ansyyqdesign
印刷－株式会社廣済堂

価格はカバーに表示されてあります。
落丁乱丁の場合はアルファポリスまでご連絡ください。
送料は小社負担でお取り替えします。

ISBN978-4-434-20524-8 C0193